全民微阅读系列

鄞江谣

YIN JIANG YAO

练建安 著

江西高校出版社
JIANGXI UNIVERSITIES AND COLLEGES PRESS

图书在版编目（CIP）数据

鄞江谣 / 练建安著 . — 南昌：江西高校出版社，2017.6

（全民微阅读系列）

ISBN 978-7-5493-5459-7

Ⅰ.①鄞… Ⅱ.①练… Ⅲ.①小小说—小说集—中国—当代 Ⅳ.①I247.82

中国版本图书馆 CIP 数据核字（2017）第 111492 号

出版发行	江西高校出版社
社　　址	江西省南昌市洪都北大道96号
总编室电话	(0791)88504319
销售电话	(0791)88592590
网　　址	www.juacp.com
印　　刷	北京一鑫印务有限责任公司
经　　销	全国新华书店
开　　本	700mm×1000mm　1/16
印　　张	15.75
字　　数	178千字
版　　次	2017年10月第1版 2020年7月第2次印刷
书　　号	ISBN 978-7-5493-5459-7
定　　价	36.00元

赣版权登字-07-2017-480

版权所有　侵权必究

图书若有印装问题，请随时向本社印制部(0791-88513257)退换

目录

第一辑　汀水谣　/001

飞脚　/002
隔山浇　/003
七里滩　/006
传人　/011
绒家变　/017
雄狮献瑞　/020
九月半　/024

第二辑　鄞江谣　/029

八法手　/030
阿青　/034
铁关刀　/037
尖刀　/040
打铁客　/043
陷坑　/046

第三辑　风水诀　/049

败绝符　/050
风煞　/053
镇物　/056

罗屋地　　/059

一夜塘　　/062

芒杆竹箭　　/064

第四辑　客家江湖　　/067

飞蝗石　/068

破铜锣　/071

五色鱼　/075

稻穗　/079

七妹　/083

大木桶　/087

第五辑　汀江谣　　/093

白石村　/094

枫树釜　/097

飞虎　/101

彩虹桥　/104

窖藏　/108

第六辑　红叶　　/115

金雄刀　/116

金刀刘　　/119
铁桥仙　　/124
铁丐　/127
夺魁　/131
空里流霜　　/136
红叶　/139
玉箫郎君　　/146

第七辑　鸿雁客栈　　/153
葛藤坑　/154
决斗　/155
鸿雁客栈　　/157
针刺　/161
铁丸　/165
十三郎　/167
夜行船　/169
玉面飞狐　　/171
点血型　/174

第八辑　凤栖楼　　/177
凤栖楼　/178

积善堂　　/182

止戈　　/185

断伞　　/189

武跛子　　/193

炒黄豆　　/196

腰带功　　/198

第九辑　山乡故事　　/201

纸花伞　　/202

八月十五　　/206

竹笛　　/208

华哥　　/210

捕鼠者　　/214

水客王　　/216

第一辑 汀水谣

『天下水皆东，唯汀独南。』汀江，源于汀州庵杰龙门，流经闽西诸客家县，水流湍急，多险滩，入粤东三河坝后称韩江，八百里水路到潮汕入海。江岸乡间行走多日，得采风故事若干，叙农耕社会乡土侠义传奇。岁月流逝，武风隐伏，金戈铁马不再。念及故乡昔日浮光片羽，毋使湮没，作『汀水谣』。

飞 脚

细佬大伯公孤零零地缩在屋角晒太阳,耄耋老人了,脚还是跛的。真是可怜。

五叔说:"大伯公是一条好汉哪,做后生时,一根扁担打一条巷。"

我迷惑了:"跛脚啊?"

五叔叹了一口气:"说来话长了。"

我们家族世代习武,大年初五规定在宗祠前校验全族壮丁武功。

某年初五,老祖师欲先试细佬功夫。

细佬功夫高,擅飞脚。见亲房叔伯云集观战,越发打足精神,抱拳施礼,猛然间身形不动,一个旱地拔葱,悄无声息地摘下屋檐上九块瓦片,但见屋檐上透开一排窟窿,阳光直透地面。

细佬甫一落地,又一个飞脚,跃上屋檐,但见九块瓦片原样铺排,齐齐整整,天衣无缝。

众壮丁自愧不如,大声喝彩。

老祖师点点头又摇摇头,令细佬再演练一次。

细佬欣然从命,再起飞脚,浑如鹞子钻天鹰击长空。

细佬正欲出手收瓦,猛然间右脚踝一阵剧痛,顿时提气不上,栽落地面。

原来老祖师后发先至,半空中挥击烟杆。细佬吃了一记暗算,一只脚从此就跛了。

细佬倒地不起,欲哭无泪。

老祖师叹了一口气说:"细佬啊,你莫怪爷爷哟,想不到你飞脚这般高明,必有大灾大难。这一杆子,是让你多吃几年饭哪!"

五叔很感慨:"多少高手都不在喽,细佬大伯公快一百岁啦。"

隔山浇

来到大沽滩,正是细雨霏霏的时节,原本汹涌澎湃的江水此时甚是平缓。今日千里汀江"七十二险滩",多半失去了往日的威风,曾经南来北往的"鸭嫲船"不见了踪影,俗谚说"上河三千,下河八百"的繁忙景象已然成为历史陈迹。

江面上,挖沙船缓缓移动,隆隆的马达声连同不远处的一座水泥公路大桥强烈地提醒我们,现在是二十一世纪互联网时代了。

文清学弟有篇考据博文,引注明嘉靖年间兵部尚书翁万达《汀郡守华山陈君平两滩碑》说:"故舟行甚艰,逆焉如登,沿焉如崩。……盖诸滩皆然,而龙漈为甚。"龙,即龙滩,在今闽西上杭县官庄乡回龙村,淹没为水库区;漈,为漈滩,在长汀、上杭交界处,今羊牯乡白头漈。博文附图,两山对峙处,斜向急弯。河床长草,江石光滑圆润,花纹多变,一如我书案上的奇石。

我来此地,是试图揭开家族历史的一个谜团,同行者是当地作家李应春兄。我们站在大沽滩岸边,默默无语。

家族的一代武林高手八叔公太是在大沽滩失踪的。中都镇"和记"饭铺唐有德掌柜对当时的李神捕说："在俺这里吃了一壶米酒、一盘油炸花生米,转脚往大沽滩那边去了。"

李神捕乃汀州府"六扇门"第一高手,百案百破。他的名头就栽倒在"老关刀失踪案"上。

老关刀是闻名闽粤赣边的客家把戏师,功夫好,行走江湖,全凭一个"义"字。说他德艺双馨,是有据可考。民国《武邑志·义行传》载:"捐建茶亭、石桥各一,乡人称善。"

清光绪三十四年(公元1908年)三月初五日辰时,上杭中都墟,老关刀从河头城逆行至此,扯圆圈子,立马耍了一阵大关刀。这关刀,有讲究,又唤作青龙刀、偃月刀、青龙偃月刀,还有叫冷艳锯的,重八十二斤。关刀在一个六旬老汉手中亮光闪闪、呼呼生风。不服不行,满场叫好。有人就说了,没有真功夫,咋敢叫老关刀呢?

此时,老关刀敲响了铜锣,说:"走江湖,闯江湖,哪州哪县俺不熟?卖钱不卖钱,圈子先扯圆。老夫来到贵码头,一不卖膏药,二不卖打药,只是卖点中草药。常言说得好啊,腰杆痛,吃杜仲;夜尿多,吃蜂糖;四肢无力呢,吃点五加皮。老夫今晡不卖老药,卖点新药,新药名叫隔山浇。诸位乡亲听好啦,撒尿撒不高,就吃隔山浇;吃了隔山浇,撒尿撒上八丈高;站在地上,撒在床上;站在床上,撒在蚊帐顶上;站到蚊帐顶上,撒到屋顶上;站在屋顶上,撒到高山上;站在高山上,汀江都撒浇。"

围观者一听,乐了,有人问:"老关刀师傅,你这隔山浇怎么吃哪?"老关刀笑了,当当两声,贴近他的耳朵却提高嗓门说:"小哥,你莫讲给别人听哦。有酒泡酒,无酒泡尿。无酒无尿,可以干嚼。"围观者全听清了,哈哈大笑。氛围好,其乐融融,隔山浇很快就卖光了。老关刀收拾家伙什,乐呵呵地走向了"和记"饭铺。

墟场情境复原,得益于"客家通"网站邱博士的博文《客家江湖顺口溜》。特此鸣谢。

老关刀来到"和记"饭铺,入里屋,靠墙迎门而坐。老熟人了,唐掌柜立马端来了一壶客家米酒和一盘油炸花生米。老关刀笑眯眯的,慢悠悠地吃喝,直到日头偏西。

结账,老关刀叠脚就走。唐掌柜说:"老关刀师傅,不歇歇脚?"老关刀说:"不了,明日是上杭墟哦。"唐掌柜说:"样般敢扎手(干吗这样勤快)?"老关刀说:"桥该修喽。"

唐掌柜明白,上月暴雨,冲塌了汀江支流溪流的许多桥梁。一大把年纪了,做把戏赚点钱不容易。唐掌柜暗忖,早知如此,这次老关刀的开销,他就不收了。唐掌柜想不到的是,老关刀茕茕远去,留给他的是最后的背影。

当时的大沽滩风高浪急,修不了桥梁。过江,须搭船。码头两岸,都有凉亭。现在,老关刀就在西凉亭里头等候。旁边有三五个壮实挑夫,他们挑盐路过歇息。看到那把大关刀,一位说:"您是老关刀师傅吗?"老关刀说:"正是老夫。"挑夫说:"好功夫啊,打倒了西洋大力士。"老关刀笑了:"老皇历喽,三脚猫功夫,侥幸侥幸。"挑夫说:"天快黑了,明日过江吧,武婆寨的土匪是有洋枪的。"老关刀说:"多谢小阿哥,俺一个做把戏的,有几个小钱哪?"挑夫想想也是,说:"有空来千家村做把戏哦。"老关刀说:"好,好,会来,会来。"

挑夫走后不久,一只鸭嫲船靠岸了,摇船的是一个白脸后生。说好十文铜钱,老关刀上了船。船到江心,白脸后生停下了双桨。他问老关刀:"师傅是老关刀吗?"老关刀瞳孔收缩,按刀柄。白脸后生一翻掌,亮出了洋家伙,说:"这叫盒子炮,你没用的。"老关刀

说:"好汉,看中什么,都拿去。"白脸后生说:"痛快!你老了,不要卖隔山浇啦。"老关刀说:"好好的草药,干吗不卖?"白脸后生说:"俺叫隔山虎,你骂人哪。"

一声枪响,在大沽滩上空回荡,一直到了一百年后的今天。

时日久远,我们注定解不开这个历史悬案。上述,是我个人的想象。老关刀是我家族史上的善者、仁者、勇武者;李神探当然是李作家的曾祖父,著有《闽西吟草》。这个擅长文墨者,没有留下关于"奇案"的片言只语。

回城路上,我想起了大沽滩的一副对联:"白水漈头,白屋白鸡啼白昼;黄泥垄口,黄家黄犬吠黄昏。"

七里滩

在古汀州客家博物馆的草坪上,我又看到了那只鸭嫲船,在两棵大唐柏树的浓荫之下。

古柏大有来历,清乾隆年间纪晓岚大学士在此夜遇红衣人,冉冉而没,遂写下了"参天黛色常如此,点首朱衣或是君"的楹联。

这鸭嫲船是昔日航行于汀江的主要水上交通工具,类似于浙江绍兴一带的乌篷船。鸭嫲船要大一些,蓬似大箬笠,土灰色,晒干的竹叶经过风吹雨打的颜色。

遥想当年,千里汀江之上,鸭嫲船夹杂于浩浩荡荡的竹木排之间来往穿梭,"上河三千,下河八百。"

我来此地,是打捞我们客家族群那些遥远的记忆。

清光绪三年,八月既望。清晨,霞光初露,一些在汀州古城过夜的船只就陆陆续续解缆起航了。

汀州往潮汕,是顺流,八百里水路,俗称千里汀江或千里韩江,有七十二险滩,以龙滩、漯滩、大沽滩为最。我想,"大沽"或许是"大哭"的转音。我家乡与大沽滩一山之隔,我熟悉那里的客家话。

话说彼时社会动荡,闽粤赣边山高路遥,时有强人啸聚山林,打家劫舍。上下行船只多结伴而行。

这一只鸭嫲船,约莫有八成新,远远地落在了后面。船头船尾,一老一少。老的精干。少的粗壮,却眯着一只眼睛,嘴角歪斜,有些木讷。老者叫他愕牯子。愕牯子即呆子,客家话。他叫老者三伯公。

船上的乘客,是一位堪舆师,俗称地理先生。客家地区盛行风水术。行地理者,多师承赣南三僚村杨公先师,观砂察水,以"形势"论。这些人行走江湖,见识高,人缘广。水路强人,盗亦有道,传言从不抢妇孺及先生。

此地理先生姓李,年逾不惑,三绺长髯飘飘,显见仙风道骨,一把长剑斜背,剑不离身。李先生云,此剑不是非凡剑,乃飞剑,可千里取人首级,杀敌于无形。

昨日,李先生以十两银子高价包船,要求九月初一辰时,准时抵达粤东松口镇。汀州经上杭县城,顺流往峰市、三河坝,转松口镇,时间绰绰有余。

李先生此时正端坐在船舱内,靠窗,手持一本连城四堡文渊堂版练大侠著《梁野散记》,念念有词。他的心情很好,松口镇的"赛百万"李大先生是他的本家,悬赏千两银子,要踏勘一处好风水。

李先生出道以来，即名动诸边。他的成名之战，却是在梁野山麓的武所古镇。话说彼时，几位大名鼎鼎的同行对一处风水格局争论不休，莫衷一是。李先生飘然来到，手持罗盘转了一圈，断然道："此乃雄牛牴角形，好斗，妨主家，横蛮不显文星，富贵难求。"众大哗。李先生谈谈道："若不信，东七步，南九步，西三步，挖地一尺三寸，便知分晓。"主人将信将疑，令人在指定位置下挖，果然挖得一块枕头大小的白石头，还热乎乎的。李先生出剑，剑光一闪。这只雄牛就算是阉了。从此，武所家族和睦相处，文风兴盛，接连中了几个秀才、举人。传说有危姓举人正待上京赶考，志在必得。

　　李先生的风水故事，三天三夜也说不完。就此打住。

　　船行汀江，秋水清澈，鸭嫲船顺风顺水、渡险如夷。日落时分，抵达晒禾滩留宿。

　　日出三竿，李先生睡醒了，踱步船头，拉开架子，舞了一套二仪四象八卦剑法，徐徐收势。此时，他瞧见了愕牯子弯腰弓背站在船尾，手持竹篙，一动也不动。

　　这呆子要干什么？

　　这呆子啊，客家人称为愕牯子。传说某年大年初二，随媳妇转娘家。媳妇知他愕，临行前交代说，吃饭搛菜要讲规矩，我会在你的脚上牵一条丝线，我动一下，你就挟一下，切记切记。来到老丈人家，开饭了，愕牯子偶尔动动筷子，规规矩矩。老丈人真高兴啊，都说这女婿是愕牯子，俺瞧着像是个秀才郎嘛。正要夸奖几句，不料，这女婿突然筷子飞舞，尽往菜碗招呼。忙不过来啦，他就端起菜碗倒进自己的饭碗里，弄得饭菜狼藉。原来，饭桌下两只小狗抢食肉骨头，牵乱了丝线。满堂愕然，媳妇欲哭无泪。又传说愕牯子出门，挎了一竹篮煎粄，路见山间水车，发出"吱呀""吱呀"的响声。愕牯子想，你饿了吧，怎么一直叫唤"俺吃俺吃"呢？遂投入一块煎粄。水车响声依旧。愕牯子投了一块又一块,水车还在叫。愕牯子说,都给你吃好了。连竹篮带煎粄一同扔了进去。水车卡住了,不响了。愕牯子高高兴兴地回家了。

就在昨天租船之后,歇客店的老掌柜有意无意地向李先生说起了那些笑话。李先生一笑了之,没有说什么。

"唰""唰""唰"……一连串的闷响,但见愕牯子快速挥动竹篙,点击水面,一堆麦穗鱼就直挺挺地躺在了船板上。

麦穗鱼,又叫罗汉鱼,头尖无须,凶狠好斗,杂食。这个时节,成群的麦穗鱼从潮汕水底上溯千里,游到了这片水域。

愕牯子扔下竹篙,双手掩面,蹲在船板上呜呜大哭。

三伯公跳出船舱,指着愕牯子厉声道:"大清早的,哭什么哭?乌鸦嘴!"

愕牯子吞吞吐吐说:"铁钉公子……跑……跑掉了……一只。"

三伯公嘲笑道:"什么铁钉公子?禾摆子!晓腚毋晓胺。不是看你有几把笨力气,学撑船,垫钱都没人要。"

愕牯子不敢哭了,嗫嚅道:"三伯公,俺要……跟您……学撑船。"

三伯公说:"上午走七里滩,不用力气,你就不要吃早饭了。"

愕牯子说:"不吃,俺不吃。"

说完,三伯公进了船舱。李先生走了过来,掏出一块千层甜糕,递给愕牯子,说,张家老店的,甜哪。

愕牯子一把抓过,三下两下吞入肚,噎得双眼暴突。

船行七里滩,风平浪静。行三里许,就看到岸上有一群客商模样者,夺路狂奔。中有一人,停了停,说,快逃啊,黄拉虎下山啦。

杭武一带客家人叫老虎,通常发音成拉虎。这黄拉虎,是千里

汀江之上鹞婆寨的著匪,传说三个月前被陈捕头率百名兵勇一举剿灭。黄拉虎不知所终。怎么又回来了?三伯公犹豫了。李先生笑了:"船家,焉得不知是抢生意的?故弄玄虚?又焉得不知是乡人开玩笑?俺一个杨公弟子,行善积德,黄拉虎何必为难?这样吧,俺加一倍酬金,你尽快行船。"

三伯公吆喝一声,船行甚速。七里滩尽处,夹岸高山,收束江水,形似穿针,人称穿针峡。

转眼就要驶过七里滩了。忽见前头有一大堆横七竖八的竹木挡道,三五只鸭嫲船随意飘荡。三伯公暗暗叫苦。忽闻岸上铜锣鼓点乱敲乱打,嘈杂一片。又听啪啪两声暴响,两把铁钩飞落船舷,将鸭嫲船拖到了岸边。

岸上,一个铁塔似的蒙面人立在前头,手中是一把玄铁开山刀。

三伯公趋上前来,说:"俺就是叫铁艄公的,给个面子,这三两银子,留给弟兄们喝口酒。"

蒙面人一刀劈下,三伯公就滚落河边。

李先生踱出船舱,手持书卷,伸了个懒腰,说:"好汉,俺就是个行地理的,俗姓李,道上朋友谬称李半仙的。脚跟上安灶头。交个朋友好吗?"

蒙面人哼哼冷笑。

李先生快速滑步退后,瞬间抽出了宝剑。

李先生舞动宝剑,剑光四射,寒气逼人。蒙面人又是一刀劈下,李先生就栽倒在船头了。

愕牯子拖着竹篙,呜呜哭喊:"你赔俺三伯公,你赔俺李先生。"

蒙面人极不耐烦,不待他在船头站定,猛力挥出了一刀。

愕牯子提起竹篙,碰向开山刀。

竹篙斜断,成尖刺,直插蒙面人前胸,破膛而出。

传　人

石家寨的土圆楼此时正沐浴在金色的朝晖里。远处,是白云缥渺的梁野山顶;近些,是山麓蓬蓬勃勃的芦苇花,随风起伏,纷纷扬扬;再近一些,是稻谷收割后的浸冬水田,三五十只麻鸭在扑腾觅食。

一帮老人靠在土圆楼的朝东外墙,眯着眼睛晒太阳。与那些个老兄弟虾米般地弓背弯腰、双手捂着火笼不同,菩萨七叔公腰板硬朗,端坐在木凳上,啪嗒啪嗒地抽着一根油光发亮的旱烟筒。

一位花白胡子挪了过来,说:"要俺讲啊,老七,你那两下子,也该传啦。"

"该传,该传,都老喽!"

"跑不动码头,撑不动竹篙啰。传哪!"

"传,传给谁?这些个后生辈……"

菩萨七叔公在石板上轻轻敲击着旱烟筒,响声笃实。他说,俺说几位老哥,做后生时,你们功夫差了?干吗就不传给你们?里头大有名堂哦。"

老兄弟们都不说话了,呆呆的,似乎回到了在千里汀江之上快意恩仇的岁月。可惜的是,青春似飞鸟,一去无影无踪。

老人们说出了一连串名字,菩萨七叔公一直摇头。花白胡子

猛拍大腿,兴奋地说:"石桥妹?"

菩萨七叔公笑了。大家都笑,心照不宣。

这个石家寨,有一种威猛凌厉的棍术,就叫石家棍,传自南少林至善禅师。石家棍,棍打八方,汀江韩江千里水路,二百年来罕逢敌手。洪刘蔡李莫、李家教、朱家教诸南拳流派高人,提起石家棍,表情不一,多竖起大拇指,道个好字。石家棍的精义所在,为"五点梅花棍",非掌门人不传。

老人们提及的石桥妹,其实是个五大三粗的壮年汉子。闽西客家人新生儿取名,男性乳名后缀,多有妹字。一说是取其"贱",好抚养;一说是尊重女性,勿忘母恩。两说大相径庭。

石桥妹此时正在夯墙。客家生土建筑,均就地取材。这个楼房已经有二三丈高了,石桥妹和龅牙三高高站立在墙枋的两头,按古法"六覆六夯"。"覆",就是覆以"做熟"的黄土;"夯",就是夯泥了。石桥妹和龅牙三都是夯墙高手,杵法娴熟,一先一后,兔起鹘落。他们双脚站直,提杵伸腰,落杵弯腰,春杵直起直落,力道均匀,咚咚的撞击声在旷野回响。

房东是"春茗茶庄"的老板娘,多年前,从武夷山孤身一人来到此地,买下了一大片茶山。不多时,生意就做大了,自制的"大红袍""铁观音"沿江过海卖到了南洋,白花花的银子源源流入,遂又买下了官道边的一块地,要建一座大茶楼。

忽闻一阵银铃般的笑声。龅牙三停下了春杵,他一眼瞧见了一袭白衣的老板娘。细看,她高盘的发髻上还插着一朵艳丽的山茶花,手挽竹篮,脚上一双绣花鞋,却是纤尘不染。

龅牙三说:"老板娘,又送包子来了,今个是素的还是荤的?"

老板娘笑骂:"阿三哥,再贫嘴,俺就扣你工钱。"

龅牙三来劲了:"扣呀,让你扣,没饭吃了,哥就住你家去。"

老板娘说:"去你的,俺家不收二流子。"

龅牙三扭动腰肢,上上下下撞击春杵,说:"老板娘,老板娘,这个,这个像什么?"

老板娘羞红了脸,笑骂道:"去你的鬼阿三,没个正经样。咋就不学学石桥哥?"

石桥妹说:"三哥,莫要说笑,该移墙枋了。"

"记得吃点心哪。"老板娘放下竹篮,转身走开。

石桥妹和龅牙三从两边松开墙枋的墙板卡,发一声喊,合力提起墙枋向前方移动,不料,龅牙三脚底一滑,带动墙枋往下掉落。说时迟,那时快。石桥妹抢前一步,一手抓起龅牙三的脚踵,一手抓紧下坠的墙枋,大声呐喊,双双提上了墙头。

墙下帮工尖叫、奔逃、高声喝彩。老板娘没有走远,她目击了事件的全过程。她在路上停了停,向"春茗茶庄"走去。

这个晚上,大雨倾盆,连续下了二三个时辰。梁野山外的汀江暴涨,有大量木排被冲散,上下河百十只"鸭嫲船"不知所终。"春茗茶庄"还没有建成的茶楼墙体也轰然坍塌,还原成硕大的黄土堆。人们发现,在这个黄土堆上,赫然出现了一双绣花鞋,两朵山茶花在风雨中红艳欲滴。

老板娘和石桥妹,都不见了。

传拳记

李三松师傅来到朱家寨已经有一圩了。

闽粤赣边客家地区三日五日一圩,四周百姓齐集某处做买卖,谓之"赴圩"。"圩""墟"通用,有时写作"赴墟"。朱家寨是武南十八乡的一个中心区域,有约定俗成圩场,逢一六为圩日。

李三松是一位走江湖的教打师傅,功夫底子是汀江流域的客家李家教,源于少林五形拳,长桥大马、拳势刚猛,肘法尤其了得,

有"三十六奇肘"。

朱家寨有许多围龙屋，李三松被安排住在内外八围的龙兴围。此围入住千人，人气旺。

这一日，太阳一竿子高了，上山下地的人们陆续途径围龙屋的晒谷坪外出。李三松师傅拿捏分寸，敲响了铜锣。人们纷纷驻足、围集了过来。李三松拱手作揖，满面笑容："鄙人系广东李家教的，来贵地做客，好吃好喝的，又没什么报答，露一手粗浅功夫哈，给兄弟梓叔们寻个开心，请多赐教！"说完，李三松拉开架子，表演了一套拳脚，端的是威猛凌厉，虎虎生风。观众嘻嘻哈哈，却无人拜师。此前，李三松已经走了邻县多个村子了，一无所获。此番表演，看来是要露一手绝活了。其实，他早已留意到了晒谷坪角落的一块废弃石磨盘，即行前提溜过来，憨笑，突然哈嗬发力，一个下顶肘，将三寸厚的磨盘砸开了一条裂缝。众人七嘴八舌夸赞了他几句，也就散了。

李三松感到颇为无聊，默不作声地收拾地上的一堆家伙什。本来，他是要演练一番十八般武艺的。看来，没有这个必要了。

"三松师傅，莫急么。"老族长拄着拐杖慢悠悠地过来了，他说："再等一圩，安心住下喽。"

老族长年轻时，经营木纲，木排到了潮州，遭遇地痞敲诈勒索，李拳师路见不平，出手摆平了此事。前些日，老拳师来信说，犬子拟借贵方宝地混一碗沙子饭吃，开馆授徒。老族长答应愿尽绵薄之力全心相助。不久，一位四十开外的精壮汉子挑着一担兵刃登门拜访来了，他就是李三松了。老族长安顿客人歇息，好生招待着。一圩过去了，只字不提招徒之事。李三松按捺不住，就独自在晒谷坪上表演了一番。

这朱家寨是个大寨，群族聚居，非惟单姓。朱家寨朱氏谱牒记载源于古帝颛顼高阳氏之后紫阳堂,重耕读,间或有经商者。老族长要等的人,就是接手族中木纲生意的族侄孙,贤字辈的朱敬贤。掐指算来,明天他们也该赶回来了。

朱敬贤果然及时赶回,还带回了大把的银子。山上木材为族产,家族中弥漫着经久不息的欢悦。夜晚,各房长在敬祖堂领取银子后,闲聊开了,说起了李三松的笑话。朱敬贤久闻李家教大名,二话不说,径奔客房。客房原本亮着灯光,一下子熄灭了。朱敬贤轻轻敲门,低声道:"李师傅,李师傅,我要拜师学拳。"客房内传来瓮声瓮气:"什么事啊,睡了啊。"朱敬贤说:"李师傅,我要拜师学拳。"客房内说:"什么?我听不清。"朱敬贤说:"我要拜师,要学拳。"一会儿,房内说了:"有人来请了,我要走了,睡喽。"朱敬贤还想说几句,客房内却传出了粗重的鼾声。

第二天一大早,朱敬贤就侍立在客房门外,手中提着一坛好酒和一束肉脯。酒是客家冬至陈酿,肉脯就是古礼拜师专用的"束脩"了。朱敬贤的身后,是他的一群排帮兄弟,一个个屏声敛息,恭恭敬敬。

一声咳嗽,李师傅起床了。窸窸窣窣了好一阵子,踢踏声由远而近,又折了回去。如此再三之后,才听到吱呀一声,门开了。李师傅在门口伸开懒腰时,惊讶地发现了这么一群人。

"干什么,干什么,大清早的。"

"师傅,我们要拜师学艺。"

"晚喽,有人三请四催的。我正要向老太公辞行呢。"

说着,李三松昂首阔步地向老族长居室走去。朱敬贤一群兄弟随后紧跟。

老族长早起,正在阅读梁野山人客家名著《梁野散记》,会心处,忍不住击节吟哦。快腿的排帮兄弟满头大汗地闯了进来,吓了

老太公一跳。老太公不悦道:"猴急什么?"来人说:"李……李师傅,要走了。"话音未落,李三松就跨进门来,哈哈大笑:"太公哪,承蒙盛情款待,不胜感激。晚辈这就向您老辞行来了。"老族长放下书本,指着众后辈说:"贤侄啊,这些都是你的好徒弟,可造之才呀。"李三松长叹:"没有缘分哪。武北朋友三请四催的,我已经承应人家了。"老族长说:"也罢,也罢,明日启程吧,今晚就为贤侄饯行。"李三松道:"老太公客气了。"

夜晚,围龙屋客厅摆开了酒宴,老族长向各房长叔公及朱敬贤再次回忆了当年潮州之行的凶险,一再夸赞李家教功夫高妙,一再感念李老拳师义薄云天。李三松听着高兴,几大碗"酿对烧"一饮而尽,结果就喝醉了。

朱敬贤扶着李师傅踉踉跄跄回到客房,服侍他喝了醒酒汤,端来热水擦脸,盖好被子,将一封银子放在桌上,轻轻带上了房门。

李三松不走了,成了朱敬贤及排帮兄弟的教打师傅。三年后,朱敬贤提出要另开武馆,李三松不允许。多次商议无效,李三松脾气不好,破口大骂。师徒比武,都用子午连环棍。几个回合过后,忽听一声爆响,徒弟棍打落师傅棍。来观战的赣南客家拳师摇头叹息:"这个傻瓜蛋哪,怎么一招都不留呐?"

李三松收拾包裹,孤零零地走了,怎么留也留不住。

我的母系即为朱姓,九郎公后裔。传说大舅公晚年常常向后辈检讨谴责自家,絮絮叨叨诉说那一棍之误。不过,余生也晚,从来也没有见过他。

绒家变

欢快的锣鼓声过后,是长串鞭炮炸响,声震四邻。

偶染风寒的阿贵,挣扎着从床上爬起,趴在窗沿上,瞧着房长叔公率族人肩扛"乐善好施"金字牌匾,热热闹闹地往隔壁邻居院子里去了。

"昌哥真是威风哟!"阿贵咂咂嘴,伸长了脖子。

"躺下,躺下,喝药啦。"八妹,阿贵的生媚,端来了大碗头浓黑的"狗咬草"药汤,侍候他喝了下去。

八妹扯过棉被,蒙住了他的头脸。这叫"发汗"。

昌哥,也就是一个挑担的。船到汀江河头城,下行粤东石市,有十里险滩,水流湍急咆哮,浪花飞溅似棉花,遂得名棉花滩。此处为行船禁区,上下游货物全靠挑夫的铁肩膀铁脚板驳转。汀江流域"盐山米下"。盐包是牛头包,每包司马老秤计三十斤。一般人挑四包,阿昌挑六包,长年如此。

阿贵也是挑夫,和阿昌同伙。他们还一块习练南拳朱家教,敲门师傅就是闽粤赣边江湖上大名鼎鼎的老关刀。他们也学南狮,阿昌舞狮头,阿贵牵狮尾。他们的打狮功夫,也有了些名气。年初五,均庆寺庙会,他们的青狮,缩上了三张层叠的八仙桌。

客家地区重冈复岭,山路弯弯十里八里则有亭翼然,形似廊桥。中置茶桶,常年有人施茶。茶桶里一柄小竹筒,千人万人用过,却无肚疼病患者。故里相传,大唐罗隐秀才说过:"路亭茶,驱病邪。"这是"圣旨口",一说就灵。

阿昌得"乐善好施"牌匾,源于一家三代为"甘露亭"长年施茶,风雨无阻。众乡绅联名上书。曾知县大为感动,亲笔题字,鼓乐送来,期在淳厚民风。

五月初九日,芒种。老皇历说:"一候螳螂生;二候鹏始鸣;三候反舌无声。"客家民谚说:"芒种雨涟涟,行路要人牵。"这个时节挑担辛苦,异于平常。山间石砌路光滑,不能稍有闪失。

阿昌和阿贵他们趁大雨停歇的间隙,一路奔走如风,将盐包从石市挑到了河头城。盐行检货的,是一个洋派后生,见到阿昌,就说:"你就系昌哥?"阿昌点头称是。洋派后生就让他挑来的牛头包先过秤了,还破例递给了他一根香烟。

天晚收工,阿昌和阿贵分享了那根洋烟。阿贵猛吸了三五口,说:"呸!怪味,跟俺村金丝烟比,差远啦。"

阿昌再忙再累,次日一大早,总要挑担热茶上甘露亭。甘露亭在村外的半山腰处。路人上岭下坡困倦了,多在此地歇脚。

来到甘露亭,阿昌惊讶地发现,茶缸不见了。哪只死贼牯啊。上百年的大茶缸,也算是古董了。怪就怪自家粗心大意哦。这一天,阿昌没有出工,买来了新茶缸补上。第三天,他挑茶上山,更为吃惊,新茶缸被砸烂了。当第三口茶缸被砸烂时,阿昌忍无可忍了。施茶行善积德,与人无冤无仇,恶人是谁呢?阿昌发誓要抓住他,游街示众。

就在阿昌频繁而痛苦地更换茶缸的同时,村子里风传来了绒家。绒家半夜闯入村庄,咬死了三头肥猪、二条看家狗和数十只鸡鸭。张三哥生媚的花衣裳晾在屋外,也被偷走啦。甘露亭打烂茶缸的,不是绒家又会是谁呢?

旧时,闽粤赣边崇山峻岭之间,活跃着一种大型的类人猿动物,浑身长毛,体格强壮且奔走如飞。传说,绒家神出鬼没,喜欢掳掠上山砍柴的妇女交媾。好些年头了,过山的乡民双手都套有竹筒。绒家突然出现,则紧紧抓住行人的双手仰天哈哈大笑。乡民趁机抽出双手逃逸。绒家,或说为野人,或说是山魈,是一个恐怖的传说。提及绒家,哇哇哭闹的孩童,立即吓得乖乖收声。

这天早上,阿昌又扛着一口新茶缸上山了。茶缸里,藏有两把八斩刀。多年前,阿昌在三河坝救助了一位落难的咏春拳师。临别,咏春拳师赠送了这对八斩刀。八斩刀便于隐藏携带,威猛,锋利,削铁如泥。

阿昌放置好茶缸,藏匿了兵刃,又挑担去了。傍晚,伙伴们都回去了。阿昌破例在河头城吃了两大盘"肉甲哩"和三海碗牛筋丸,一抹嘴角,径奔甘露亭。

"十七十八,岭背剾鸭。"五月十七日夜晚,月亮在太阳落山后,花费了剾一头鸭的时辰,露出了东山。月光如水,群山朦胧,汀江隐隐约约,蜿蜒南去。

阿昌潜伏在茶亭西侧的草丛里,双手握刀,随时准备和传说中的绒家决一死战。

月过中天,西移,绒家始终无影无踪。阿昌悄悄返回,就在他猫着腰走出百来步的时候,他听到了茶亭里传来哗啦一声巨响。阿昌义愤填膺,提刀狂奔。不远处,他看到一个庞大的黑影从茶亭窜出,隐没山林深处。

茶缸又破了。阿昌再次扛来一口新的。白天,他还是和阿贵他们一起挑担。晚上,继续潜伏在荒山野岭。这次,他更换了方位。月出,移动,西落。就在月亮阴暗的一阵子,阿昌抽身下山。

噗嗒嗒,茶亭的瓦屋上爆起一阵奇怪的响声。

风吹树梢,野虫唧唧。

一团黑影闪入了茶亭,举起大石块,砸向茶缸。

一把刀,砍杀在石块上,迸射出一溜亮光。另一把刀直抵黑影胸膛。

"俺就晓得是你。为什么?"

黑影掀落野兽皮,扯下面罩,跺脚哭喊:"为什么?你都有,俺都没有。力气,你大;好名声,你的;舞狮子,你当头,俺当尾巴。连洋奴的一根臭烟,都要送给你吃。从小一块光屁股长大,凭什么好事都是你的?老天爷啊,你偏心眼哪!"

阿昌收刀,说:"俺看到的是绒家变身,你不是俺阿贵兄弟。"

雄狮献瑞

"咚咚恰,咚咚恰,咚恰,咚恰,咚咚恰……"听闻这熟悉的锣鼓,增发按捺着内心的激动,不动声色,专心地经营他那摊"杭川牛肉兜汤"。

大年初五,是闽粤边的武邑岩前镇请客的日子。客家村寨春节期间请客的日期,都有定日。坐落在狮子岩的均庆寺,是定光古佛的祖庙。此日,格外热闹。

杭川,是闽西上杭县的雅称,此地与武平县山水相连,声气相通,同时于宋淳化五年建县,因此,百姓互称老友。"牛肉兜汤"是杭川风味名小吃。

增发的生意不错,一大早,卖了三五十碗。5文一碗的牛肉兜汤,每碗可赚一个铜板。照这个样子,10斤牛肉很快就可以卖完了,赚个百十文不成问题。

"初一落雨初二晴,初三落雨烂泥坪。"闽西正月多雨,昨夜下了一场连绵不断的"冷浆雨",均庆寺前的石坪低凹处水汪汪的,阳光照射下,闪着金光。北风吹来,寒气逼人。

摊点冒着丝丝白雾状的热气,牛肉兜汤飘出阵阵香味。前来均庆寺游玩的客人,就有好些人被吸引了过来。

"牛肉兜汤"做法简易,以上等牛肉切成薄片,裹以薯粉,调以姜末、茴香、八角、酱油、鱼露等物,放入木鱼干、猪骨头熬制的滚汤中稍煮片刻舀出,晒上葱花、姜末。这样的天气,喝口浓稠爽滑的兜汤,正合适。

增发是上杭城肚里郭坊人,是"南狮"的师傅头。传说他打单狮可以轻轻松松地"缩"上两张层叠的八仙桌。前些年"杭川狮会"夺魁,得了金牌,名声很大。之所以来到130里外的岩前古镇摆"牛肉兜汤"小食摊,说来也与"牛"有关。增发好赌,手气差,一次豪赌,急红眼了的他牵来大哥家的一头水牛,又赔了进去。他恨不得剁了双手,拈脚就走了,发誓要"以牛还牛",赚回了牛本钱,再回杭川。

这一天,均庆寺也办狮会,号称"闽粤赣三省狮王争霸赛"。汀江木纲老板练大炮悬赏百两银子的花红,奖励优胜者。这下可热闹了,周边客家地区来参赛的青狮足有18只,都是各县身怀绝技者。

百十丈外,是均庆寺。石坪上,人头攒动,锣鼓声声。这一边,增发指望快一点卖尽牛肉兜汤,收摊寄存在阿三哥的日杂店里,自家悄悄地挤入人群中瞧上几眼,解解馋。20余年的拳脚功夫,都被那些南狮锣鼓催醒了,发痒发麻。

一位老阿婆牵着小孙子过来了,叫了一碗。增发问阿婆要不要也尝一口,天冷,喝了驱寒。阿婆使劲咽着口水,说:"吃过了,过年喽,鸡汤都喝怕啦。"说着,抖抖索索地从上衣上摸出一块旧手帕,拣出5块铜板,反复数过,递到增发手上。小孙子喝完了,捧着空碗,舌尖舔着嘴唇,盯着老阿婆看。增发给他添上了半勺浓汤。小孩子乖巧地说:"阿叔新年发大财。"增发笑了。

就在增发抬起头的那一刻,他笑不起来了。他紧握铁勺的手有微细的颤动,双脚却坚实地扣在地面上。他看到了一群人摇摇晃晃向他的摊点走来。

为首一人,胡子拉碴,满脸疙瘩,敞开的外套,油污斑驳恰似剃刀布。他叫麦七,是古镇街头一霸,曾手持两把杀猪刀打跑了10多家赣粤外地客商,号称"大老虎"。还是去年腊月二十七,入年界了,麦七来到增发的摊点,连喝了5大碗牛肉兜汤。要付钱了,麦七从腰间摸出两把杀猪刀,插在摊点的木板上,说:"上杭老友,看看我这家伙值多少钱?拿去!"增发人在外乡,和气生财呢,还能咋的?陪着笑说:"虎爷,您开玩笑了。"麦七大笑,左手夺过增发手中的铁勺,只在木板的边沿用力一敲,两把杀猪刀跳将起来,右手抄接,两把杀猪刀又回到了他的腰间。

眼下,麦七又来了,还带着一帮人。增发能不紧张吗?老阿婆也怕"大老虎",按下小孙子嘴边的瓷碗,牵着他慌慌张张地走开了。说话间,麦七就到了,用半根筷子残片剔牙,说:"上杭老友,新年发财啊。"增发笑了:"发财,大家发财。虎爷,您来一碗?"麦七说:"哎呀,新年发个利市,哥儿几个全包了。别忘了多搁些姜葱!"增发嗫嚅道:"5文一碗,算4……4文,中不?"麦七双眼一盯,缓缓道:"上杭老友,今日俺请客,咋啦,不给面子?"

增发将剩余的四五斤牛肉片全部倒入了铁锅里,不久,热气腾腾的牛肉兜汤就出锅了,调上配料,香气飘散。麦七和他那些朋友吃得满头大汗,连声叫好。一个矮胖客人说:"都说潮州湘子桥的鱼汤好吃,俺说这兜汤,真的带劲。"

风卷残云一般,豪客们把这一摊杭川牛肉兜汤喝了个精光。锣鼓声声又紧密了起来,看来狮王大赛就要开场了。麦七竖尖了耳朵,他该结账了。增发说:"虎爷,28碗半,算您28碗,一碗5文,算4文,一共是112文,您赏我100文好了,整数。"麦七剔着牙说:"好,好。"他从腰间晃荡的杀猪刀旁摸出了一块银子,足有半斤重,晃了晃,扔进铁锅,说:"给,银子,立马找零,我等着用。"铁锅内有猪骨头和残汤。增发捞起银子,苦笑:"虎爷,我找不开啊,小本生意的。"麦七唰地拔出了杀猪刀,说:"要么砍下一块?一刀就够了。"增发说:"不,不要砍。"麦七收刀,张开巴掌伸出去,说:"你不要反悔啊。我等着用。"增发捧上了银子,说:"虎爷,您走好。"麦七推了增发一把,笑骂:"上杭老友,上杭拐哩!"前呼后拥骂骂咧咧地往均庆寺摇晃过去。

均庆寺外石坪,18只青狮跃跃欲试。场中,竖立着一根1丈8尺的桅杆,上头,以红绳悬挂一束雪里蕻。六张八仙桌依次按三、二、一的阵式叠好。哪一只青狮采下雪里蕻,哪一只青狮就是赢家,就是优胜者。1丈8尺的桅杆实在是太高了,往常,"缩"上两张八仙桌高度表演的青狮,就算是方圆百里的高手了。3张?闻所未闻,见所未见。要么怎么叫狮王争霸赛呢?主办方为安全计,在桅杆的四周铺设了一层层谷笪,谷笪下铺垫有厚厚的稻草。

主事宣读完规则,鞭炮炸响,接着就是一下重锣。赣南远客为先,6只青狮在锣鼓声中一跃奔出,翻滚跌扑,煞是好看。不料,来到谷笪处,纷纷栽倒,折腾了半炷香工夫,就是挨不近八仙桌,只得退场。粤东也是6只青狮,无意上八仙桌采高青,成双结对表演了一套"雄狮献瑞"连贯动作,吐出"国泰民安""风调雨顺"的红布

条幅。锣鼓停歇,恰好回到了原处。现在轮到闽西的了,也是6只。先出4只,舞到谷笪上,也接二连三地栽倒了,退了回来。剩下的两只,一只是当地的,一只就是杭川郭坊的。郭坊的锣鼓敲起,有些乱。增发拨开人群,来到狮头旁,抚摸着狮子耳朵。狮头移开,露出了他大哥的脸。大汗淋漓的大哥又惊又喜,说:"好你个发狗,躲在这里修仙哪!"增发说:"大哥,我来,赢钱还你水牛。"

说话间,锣鼓声响了,岩村青狮已经奔跳出去老远。郭坊青狮欢快蹦哒,一会儿工夫,就追了上来。岩村青狮上谷笪了,摔倒、爬起、摔倒、爬起,一副不屈不挠的架势。郭坊青狮在谷笪外停了停,嗅了嗅。鼓点骤响,郭坊青狮一跃而起,落地生根。每走一步,大吼,四脚齐齐发力,顿一顿,似有千钧之势。围观者听得谷笪下面发出脆响,仔细听听,是谷笪下滚动的圆竹杠破裂的声音。明白了其中的奥秘,围观者大声喝彩,一浪高过一浪。岩村青狮伏地不动了,狮头大口大口地喘气,冷汗湿透了后背,手脚发抖。他想,看不出这卖牛肉兜汤的,功夫竟是那样的高深莫测。怎么办呢?

岩村狮头不是别人,就是那只"大老虎",麦七。

九月半

大雨,倾盆大雨,闽粤赣边客家话所言竹篙雨,密密匝匝直插山坡。丰乐亭瓦片嘭嘭作响,一会儿工夫,茶亭的屋檐就挂起了一道断断续续的珠帘。

丰乐亭在汀江边。汀江流域多雨,是以该茶亭的楹联写道:

"行路最难,试遥看雨暴风狂,少安毋躁;入乡不远,莫忙逐车驰马骤,且住为佳。"此联如老友相逢,关切之情,溢于言表。

丰乐亭外,有一把棠棣树枝探入了窗内,一嘟噜一嘟噜的金黄棠棣,滚动水珠。

"棠棣子,酸么?"说话的是一位壮年汉子,敞开黑毛浓密的胸膛,手持酒葫芦,蹲踞在一条板凳上,剥吃花生。他身后的墙壁上,靠着一大梆刀枪剑戟家伙什。看来,他是做把戏行走江湖的。

"没落霜,样般有甜?呆子的婿郎。"说话的是花白胡子老人,干廋干廋的,山下千家村人氏,几个儿子都在千里汀江上当排头师傅赚钱。老人闲不住,时常挑一些花生糖果来茶亭售卖。

他那花生是自制的,加配料水煮花生晒干,入陶罐伴石灰储藏多日,这就是糠酥花生了。张记糠酥花生是很有名的。客家茶亭,有人施茶,行人至此饥渴,解下数文,买来三二两糠酥花生配酒配茶喝,正好。

"老伯,您这糠酥花生地道,再来半斤!"汉子将最后一把花生壳碾碎,摊开手心,恰好吹来了一阵山风,粉末就纷纷扬扬飘出了茶亭之外。

竹篙雨稀落了下来,东两点,西三点的,淅淅沥沥。远处的山峰,有云雾往来。

丰乐亭外石砌路上,一行人匆匆忙忙地闯了进来,他们是打狮班的,为千家村的张禄贵老太爷八秩诞辰祝寿,赢得了满堂彩。几封银子的赏钱,使他们难以抑制兴奋,他们不顾乌云密布,执意要当日返回枫岭寨。

半途,大雨就来了。闽西山地多草寮,他们齐齐窝在一个路边山寮躲雨,伏着雨空子,猛跑一阵,就来到了这丰乐亭。

进得茶亭,他们一个个拳花撸天,大声嚷嚷,重复着舞狮夺魁的豪勇。有几个,还蹦哒着舞步,意犹未尽。

"花生,糠酥花生哦。"花白胡子拖腔拖调地叫卖。这群汉子咽着口水,捂紧口袋,竟然没有一个人过来"交关"。

"花生,糠酥花生哦。又香又脆的张记糠酥花生哦。"花白胡子又吆喝了一声。

就有一个汉子说话了:"老人家,您老就别吆喝了,俺们不是猴吃牯。"

花白胡子自讨没趣,悻悻然,道:"没有钱,就莫充好汉。"

汉子说:"好,好,俺们没有钱,不是好汉,可也不是猴吃牯哟。"说着,有意无意地摆弄着钱袋子,哗哗响。大家都呵呵笑了。

花白胡子的脸,当场就黑了下来,把头扭到了一边。那个做把戏的,也有些不高兴了,什么猴吃牯猴吃牯的,难听。

客家人把那些个贪吃而又不顾体面的人,叫作猴吃牯。比如,村落里头,谁家飘出了食物的香味,此人就会适时地出现在这一家门口,借故入内,分一杯羹。猴吃,乃像猴子一样贪吃。其后缀,牯,男性;嬷,女性。

做把戏的站了起来,虎背熊腰,天暗了大半。他好像有些醉意了,大声说:"什么猴吃猴吃的,不买,就行开去,莫耽误人家做生意。"

"噫?俺们又没有撩拨你,你出什么头?这又风又雨的,荒山野岭,连个鬼影子都没有,做什么生意?"汉子也不高兴了。

"俺也没有撩拨你们哪,你们人多,俺也打不过,乡里乡亲,没得打。就讲啊,俺老马刀可以把话撂在这里,单挑,你们的狮头增发,也搬不动俺这小半条腿。"做把戏的原来是闻名江广福三省的老马刀。他放出了狠话。

汉子说:"俺就是增发。"

老马刀说:"试试看？"

增发说:"俺不是牛,干吗要相斗？"

老马刀又问:"搬得动么？"

增发说:"搬不动。"

老马刀说:"没有试,怎么晓得？"

增发说:"还要试吗？你脚下的麻石都开裂了。"

老马刀说:"原本就是开裂的。"

增发说:"客气了,昨晡俺也试过。"

老马刀说:"得罪了！"

增发说:"还说不准谁得罪了谁。十年后,俺来找你。"

老马刀说:"九月半,俺不走,三河坝等你来。"

雨停歇了。增发一招手,兄弟们鱼贯而出,很快消失在山坳边。

花白胡子下山,就把丰乐亭的故事讲开了,免不得添油加醋。他说,增发上前抱住了老马刀的大腿,老马刀一发力,增发就飞了出去,还摔断了两颗门牙。巧的是,那日山路湿滑,增发摔了一跤,刚好跌坏了两颗门牙。增发那是百口莫辩啊。

这十年,增发时常忍受着人前人后的指指点点,辛苦做工,厚脸过活。有人说,他拜了瘌痢僧人为师,苦练一种常人忍受不了的功夫。可是,谁也没有见他露过一手半手的。增发变了,正月大头的狮子庙会也不凑热闹了。他沉默寡言,看上去有些呆。

这一天,是第十年的九月十三日,增发从上杭县城搭船下行百八十里,抵达河头城。河头城下行,沿棉花滩岸上过,到茶阳,再有半日行程,就是三河坝了。

增发在河头城街上行走,过木纲行,门前大石狮突然倾倒,增发飞起一脚,将大石狮踢回原处,位置分毫不差。其快如闪电,门子疑在梦中。

还是有人看出了名堂,增发功夫了得!这个消息,很快就传到了三河坝。有人就劝老马刀外出躲一躲,老马刀断然谢绝。徒弟们群情激昂,要拼了。老马刀摆摆手,叫他们都退下,没事,自有办法。

九月半,是决斗的日子。九月半,诸事不宜。

这日早上,老马刀独自一人在汇城东南角的一个老旧庭院里,生火熬稀饭。稻米在砂锅里翻腾着,清香四溢。老马刀忍不住一阵咳嗽,浓痰中夹杂血块。前年赣州圩场比武,伤了人,自家也落下了内症。他突然感到很孤独,很悲伤,很失落。他有些艰难地站了起来。这时,他看到了一个人,他等了十年的人。

增发右手握刀,左手提大包裹。

老马刀说:"来了。"

增发说:"来了。"

老马刀说:"晓得你一定会来的。"

增发说:"俺一天也没有忘记你。"

老马刀说:"是你的,就该还给你。"

增发放下大包裹:"这是你的。"

老马刀疑惑不解:"脉介(什么)?"

增发说:"利息。"

老马刀低头打开包裹,是梁野山金线莲。他想说些什么,却说不出来,呆呆地望着增发的背影慢慢消失在汇城墙角拐弯的地方。

第二辑 汀江谣

「天下水皆东，唯汀独南。」汀江，又称鄞江，源于汀州庵杰龙门，流经闽西诸客家县，水流湍急，多险滩，入粤东三河坝后称韩江，八百里水路到潮汕入海。江岸乡间行走多日，得采风故事若干，叙农耕社会乡土传奇。岁月流逝，武风隐伏，金戈铁马不再。念及故乡昔日浮光片羽，毋使湮没，『汀水谣』外，又作『鄞江谣』。

八法手

围龙屋大宗祠前,是宽阔的三合土禾坪。禾坪前,有一泓碧绿清澈的鱼塘。"门前一口塘,代代出公王。"客家民谚如是说。鱼塘里,荷叶田田,荷花正开。

月光皎洁。吃过晚饭,南方的老历八月天,暑气还未散尽。农人们三三两两围聚在这里闲聊讲古。一盆木屑混合艾草燃起来了,发出红光,白烟袅袅飘散。"火烟转转,转去吃鸡卵;火烟上上,上去吃鸡汤。"孩童们很兴奋,打打闹闹,窜来窜去。此情形,当地客家话喻为"嚯锣战鼓"。

德昌拉开了架势,走了一趟拳。进进退退,哼哼哈哈。和他一同演武的几个后生纷纷摇头,说他那"八法手"好是好,却好像有点什么不对劲。

德昌习演的,是流传于汀江流域大沽滩一带的五枚拳"儒家八法",传自神尼五枚师太,有数二百多个年头了。

"儒家八法"又叫"软装八法"。此外,五枚拳,尚有"绝命八法",吞吐浮沉,刚柔相济,功法很是了得。乡村传闻,清嘉庆道光年间,五枚师太与少林寺智善禅师、武当山白眉道人齐名,自立门户,辗转来到上杭炉脚庵,收高徒梅花曰花鼓娘子。花鼓娘子与庐丰乡湖洋村邱家后生结为夫妻。很长一段时期,五枚拳精奥,为邱氏家族不传之秘。

拳术技击,易学难工。德昌的功力,也有些火候了。近年与人多次交手，从无败绩。但是，人们总觉得缺了些什么。

该找师傅去呀。德昌他们的敲门师傅叫仁发，同宗，辈分高，后生多称之为仁发叔公。仁发叔公少壮时，是一条担杆打翻一条街巷的狠角色。当年，德昌手提猪蹄酒坛登门拜师，叫他叔公。他说，你的叔公多着呢，你是学功夫还是叙亲情？叫他师傅，他说，俺一不打铁烧炭，二不刓猪剃头，三不蒸酒做豆腐，怎么叫俺师傅？后经族中高人指点，德昌口口声声称仁发叔公为先生。仁发大悦收徒。

仁发先生的武功底子是五枚拳，学到家了。又带艺拜师，跟把戏师老关刀闯了多年江湖。仁发先生是很有福气的人，儿子在汀江河头城做生意赚钱，家境殷实。一大把年纪了，按说该享清福了，可他老是闲不住，喜欢赴墟，摆摊卖狗皮膏药，图热闹。

大沽滩的西边，有武邑象洞墟，逢三八。此地笋干、红米、双髻鸡，远近有名。

仁发先生是老常客了。在廊桥东头老地方摆开了摊子。新收的小徒弟正是德昌的外甥，很卖劲，扯开嗓门咣咣当当敲响了铜锣。"做把戏的来啦！"新老看客慢慢地围拢了过来。

忘了交代几句，这仁发先生仪表堂堂，丹凤眼，卧蚕眉，长髯飘飘，手持青龙偃月刀，真如武圣人再世。说话间，仁发先生舞动大刀，轻轻比画，猛地前弓后箭，右手持刀杆，左掌护长髯，转换单掌向前徐徐推出，目光凝视远方。此招大有来头，叫"夜读春秋"。客家人耕读传家，多有通"三国"典故者。人群中就有了掌声炸响。

"哈哈，好功夫，好功夫！"此人鼓掌最是起劲，挤了上来。有人悄声说："铁算盘来了。"有几个人怕事，溜走了。

铁算盘是南洋布庄的掌柜，随洋教堂在此"安营扎寨"。他以

"物美价廉"的优势,挤垮了几家老布店,垄断了墟上的布匹生意。

铁算盘很随意地从地上捡起了一块鹅卵石,伸向仁发先生,说:"客套话不说,打开石子,送你一匹洋布。咋样?"哎哟,一匹洋布哪!有人失声尖叫。仁发先生点点头,说:"多谢大老板关照。"将鹅卵石抛起,接住,抛起,接住。反复多次后,停下。左手双指弯曲夹紧,右手并指运气,断喝猛斫。鹅卵石应声碎裂。满场喝彩。铁算盘呢?不见了。

仁发先生是个爱面子的人,对此不便说话,兴味索然,膏药也不卖了,叫小徒弟收拾家伙什,回到了大沽滩。

仁发先生回到家门口,老伴迎了出来,看他的脸色不好,生气了?她熟知他的脾气,喝口酒,睡好觉,多大的事也看开了,急忙摆出了早先预备好的酒菜。仁发先生端起酒碗,还是想起那得而复失的一匹洋布,铁算盘哪铁算盘,煮熟的鸭子,飞啦?

黄黑狗仔桌底争食。仁发先生心烦,大半碗酒泼去,狗仔狺狺,夹着尾巴逃开。

天色渐暗,老伴端来了洋油灯。民国初年,客家山区也用上"美孚"洋油了。点燃,灯亮了。这洋玩意确实比山茶油光亮,唉,俺那一匹洋布啊。几只飞蛾绕着灯光转圈。仁发先生弹指,一下,一下,又一下,飞蛾直射,粘在墙壁上。老伴说:"老家伙,你做嘛介?"仁发先生也觉得有些无聊,苦笑,反卷双手,踱出门去。

德昌迎面闯入,嚷道:"先生,先生,铁算盘是不是赖了一匹洋布?"仁发先生慢条斯理说:"德昌哪,你提它干什么?你不讲,俺都忘了。"德昌说:"一还一,二还二,他赖不了帐!"仁发先生摇头:"算啦,算啦,本乡本土的,闪狗毋系愕人嘛。"德昌急了:"先生,这事没完!"仁发先生突然想起了一件事:"噢,德昌哪,你那八法手,好像还欠些火候。啥时有空,俺们再切磋切磋?"

德昌是个急性子,不等鸡叫头遍就起床了,次日清晨,赶到了一山之隔的象洞墟。廊桥西边的南洋布庄刚打开店门,德昌就踏了进来。

"俺买蚕丝洋布。"

"蚕丝洋布?小店没有这号货。"

"看俺买不起,是不是?欺负人?"

"大兄弟,真没有啊,又是蚕丝,又是洋布的,小弟还是头一次听说。"

"叫你掌柜的出来说话!"

小伙计不敢怠慢,转入内屋。片刻,铁算盘出来了,拱手作揖,笑眯眯说:"这位大兄弟,敝店是洋布店,货物还算齐全。你就是走遍江广福三省,也没有你那号蚕丝洋布嘛。"德昌掏出一把双头鹰银洋,捡起一块,吹气,奏近铁算盘耳畔。洋银发出了悦耳动听的声响。

德昌问:"俺的钱就不是钱吗?"铁算盘摇头苦笑。德昌发力,接连碎了三块洋银。问:"老板,认得大沽滩的仁发先生吗?"又捡起一块,要发力。铁算盘连忙说:"老弟停手。俺懂,俺懂!"德昌说:"你不懂。"铁算盘说:"愿赌服输。俺赔老先生一匹洋布。"德昌说:"打人莫打脸,你扇了人家的老脸。"铁算盘狠狠地打了自家一记耳光:"俺懂,俺全懂!"

正午,铁算盘和一个小伙计,气喘吁吁地随德昌来到了大沽滩。铁算盘扛一块牌匾,小伙计抱一匹洋布。老远,他们就燃起了一挂"遍地红"万响鞭炮,一路炸响,向仁发先生家走去。

附记:牌匾内容为"杏林春风",撰稿并书写者为当地著名邑廪生练增广。笔者的族叔公。

阿 青

阿青此时正站立在汀州武邑城的南门坝上。四周是密密匝匝的看客。江湖行话说，圈子粘圆了。

阿青抱红绸双刀，刀尖朝下，缓缓回环礼敬，陡然一声娇叱，跺脚出招，刀随身转，满场游走，舞动出飘忽光影。

"哪位高人，指教指教小女啊？"看客循声看去，说话的是那个老妇人，灰头帕上插朵鲜艳山茶花，靛青侧面襟，干瘦，跷脚坐在靠背小竹椅上，摆弄着长烟杆，吐出了一口"谈菇巴"。她满口金牙，前额却分布着数粒乌黑的"美人痣"。很有喜感。

"哼哼，老娘母女行走江湖，走遍江广福五洲八府三十六县，硬是没见着个像样的。今晡日子老娘敢放出硬话，比武招亲！谁个胜过俺娘俩，小女就白白送给他做哺娘。"长烟杆比比画画，金牙老太婆吐出了几口白烟。

还真有想占便宜的。武溪里扛盐包的那群汉子，接连下场碰运气，都是一个照面之间就被打趴了。这功夫，邪门啦。哄笑声中，他们钻出人堆跑了。

金牙老太婆又说话了。早听讲武邑是汀州府的南大门，藏了龙，卧着虎，不承想，这般个稀松平常！

话音刚落。我的族叔公站了出来。

族叔公何许人也？自然如笔者姓练，增字辈，上增下广，练增广。增广"人图子"靓，假若不是皮肤粗糙些，铲形门牙略微外突，是可以形容为"玉树临风"的。其时,增广为邑廪生,是个公家包饭的读书人,还享用族田"儒资谷"。

谱牒载,吾族远祖姓东,伏羲氏之后。大唐贞观年间,东河公随唐太宗东征高丽有功,"上因其精练军戎之故,赐姓练。"宗族堂联云:"侯封绩著贞观册,榜眼名标洪武年。"民国《武邑志》记载:"有清一代,武科第尤盛,为全邑之冠。"

增广能文,亦习南少林拳,尤擅飞蝗石。前些日,增广搭船过七里滩,见闻鹞婆叼小鸡,低空掠过江面,河滩孩童哭喊。飞蝗石破空追到,打落鹞婆。

此刻,增广抱拳施礼:"晚辈学艺不精,试来讨教几招。"阿青歪着头,含笑打量着他,也不答话,猛地一刀劈来。增广闪躲,快捷接招。但见来来往往,鹞起鹄落,几十个回合分不了胜负。

"呔!都给俺退下!"金牙老太婆一声断喝。增广、阿青齐齐跳出了圈外。金牙老太婆说:"后生,好身手哪。何必麻烦?俺手中的烟杆,你拿走,小女就做你的哺娘。"

增广本想一走了之,怎奈几位同窗撺掇,遂猱身而上。金牙老太婆步履歪斜,一退再退。就在增广右手扣住长烟杆的一瞬间,他猛然感觉到左臂膀似有利刃切割,登时麻痹。

金牙老太婆笑笑,伸手向阿青要来三粒药丸,让增广服用。增广疼楚消失,运动四肢,似还有些挂碍。金牙老太婆说:"俺不说大话。你损及筋脉,若要治断根,须随俺一年半载。"

增广这一走,就是多年,随从母女俩挑担跑江湖,走州过府。自然,发生了许许多多的故事。不必细述。

这一年腊月,黄昏,三人来到了赣州石城与汀州宁化之间的站岭隘口。爬上荒草落照的片云亭,金牙老太婆眼前一黑,栽倒了,四肢抽搐,口吐白沫。原来,这个老"强人"原是少林派女尼,

遭暗算,落下隐疾,每逢子卯午酉年腊月间定时发作。增广与阿青赶紧把她抬到片云亭内,伺候汤药,目不交睫。金牙老太婆醒过来后的第一句话就是:"增广仔,阿青,你带回家去。"增广说:"俺伤症,还没有断根。"金牙老太婆说:"呆子啊,哪有什么伤症哪?"阿青扭过头去。增广心绪复杂,不知说什么好。月夜的山谷,静静的,偶尔传来了鹧鸪的叫声——行不得也,哥哥;行不得也,哥哥。

天亮了。母女俩发现,增广不见了。在汀江边的上杭松风亭,她们追上了增广。那时,增广正收拾枯枝败叶生火煨烤一条山葛根,忽见两团黑影侵入,耳边听得了一声异响。增广不回头,快速以枯枝夹住了飞镖。

"你还真的逃跑啊?"

"俺要回家。"

"你……你动过俺。"

"没有。"

"动了。"

"不敢。"

"真是不敢?"

"怕!怕你娘的满口金牙。"

阿青怔在茶亭外,眼泪就流了下来。

"哈哈哈,呆子就是呆子。俺一个老尼姑,生得下阿青?阿青是三河坝捡来的,烦!"金牙老太婆扔下一本药书:"拿走!阿青襁褓里的东西,俺不要。"

阿青后来成为我家族中的一位叔婆。我小时候见过她,曾为我画符"捉蜷"。记忆中,她成天阴沉着脸,从来不笑。族中老人说,困难时期,她饿急了,可以把石子玻璃当零吃。那本药书,是秘籍,主治小儿惊风、疳积等症状。假若您的前辈亲朋服用过"小儿惊风散"。那么,我要告诉您,十有八九出自我客家族群之手。

铁关刀

他叫满堂,是个老实巴交的客家后生,耨泥卵种田的,闲时上岭斫樵卖。他做梦也想吃上一碗油汪汪的河田粉干。现在,他终于实现了自家的梦想。

还是孩童时的冬日,他随外婆去山脚边耙拣落叶。那是一个黄昏,他看见不远处的土冈上,有一排排粉干架,雪白的粉干,镀上了金黄色的光泽。一位穿花布衣裳的村姑,挺着丰满的胸脯,悠悠然地端起了其中的竹箅。几只耕牛沿着小路踢踏回栏。

这一组金色的画面,定格在满堂的脑海里,回味无穷,长时段地成为他穷困生活中的一丝慰藉。今天,他的运气特别好,一担鱼骨樵木柴在墟市上卖出了好价钱,张大善人多赏了他五块铜板。

多少年过去了,他终于坐在了黄记粉干铺的宽厚的凳板上。以往,他卖了木柴,路过香气扑鼻的粉干店铺,咽着口水,怕控制不了自家的食欲,低头匆忙走过。家里的二分薄地,收不了几担谷子。卖木柴的钱,老娘说要存起来,积攒着给他娶媳妇呢。

黄记粉干铺的大铁锅里,熬煮一些肉骨头和鱿鱼块,咕咕冒着热气。抓一把粉干入锅,滚几滚,捞起,泼上半勺香菇、冬笋、牛肉杂碎精制的配料,洒上一小撮姜丝和葱花。忸怩不安又眼巴巴

望着的满堂,口水就流了出来。

香哪,美味呵,幸福啊。满堂狼吞虎咽,又似风卷残云。放下鸡公碗头,咂咂嘴,意犹未尽。老板娘将他双手捧上的三块铜板,随意地扔到了钱盒子里,说:"再来一碗?"满堂捏了捏口袋,吞咽口水,说:"饱了,饱了,又醉又饱。"老板娘就笑了,她是梅州嫁来武邑的客家人,熟知此间风俗。到人家做客,客人只能说"又醉又饱",说"又饱又醉",视为对主家极大的不敬。店铺做生意哪,谁请你喝酒呢?真个系愕牯!老板娘给他添了半勺清汤,撒上姜葱,说:"天冷,趁热喝。"满堂感激地看了老板娘一眼,就呼呼吹着热气,埋头喝汤了。

"啊哈,你在这里啊!"一只大手重重地拍在满堂的左肩窝。满堂惊恐,险些碎了瓷碗。他回过头去,那是个又粗又黑的陌生人。满堂迷惑不解:"这位大阿哥,你是谁呀?"陌生人很尴尬,嗫嚅道:"认错人啦,莫怪,莫怪。"说完,很狼狈地抓起他的挑担工具担杆落脚,涨红着脸溜了出去。

黄记粉干铺的食客中,有人认得粗黑大汉,说:"莲塘寨的石桥妹,就是一个笨人,四六货。"客家男性,多取乳名"妹"字。那人讲话拖腔拖调,很多人都笑了。满堂却笑不出来,他感到胸闷头晕、四肢乏力,额角虚汗源源冒出。他挣扎着拿起扁担,歪歪斜斜地出了门。老板娘注意到了满堂的异常,追到门口,叫了声:"路上小心哪。"满堂回过头来,说:"老板娘,俺……没事。"

满堂忍着疼,跌跌撞撞赶回家,路上还迷迷糊糊地和来往熟人打招呼,就在离家百把步远的溪唇边,他再也坚持不住了,一头栽倒。

满堂醒过来时,是在他家的木床上,盖上了厚厚的棉被。床边围拢着他的一些亲人。他的老舅,将一粒乌黑的药丸塞入他的嘴巴,灌下了大半碗黄汤。

老舅是走江湖做把戏的,也叫教打师傅,是闽粤赣边威震武林的大师傅老关刀的同门师弟,人称铁关刀。他功夫好,膏药好,脾气却不太好,因为爱管闲事,不慎在一次以寡敌众的大混战中被打落了两颗门牙。他换上了两颗铜牙。

满堂在恍恍惚惚中瞧见了那两颗熟悉而亲切的铜牙,鼻子发酸:"老舅……"铁关刀一摆手,说:"你少说两句。俺说,你听。摇头不是点头是。"满堂点头。铁关刀说:"午时吃饭,是不是有人拍打你的肩窝子?"满堂点头。铁关刀说:"这个人,是不是莲塘寨的石桥妹?"满堂不点头也不摇头。铁关刀急了:"是不是?又粗又黑的。"满堂说:"他,他,不认得俺。"铁关刀大吼:"叫你莫讲话,还讲!这家伙是冲着俺来的。"说着,他掏出一包物件,按在一个老妇人的手心,说:"老姐,你是晓得老弟的宝物的。记住了,一日一丸,童尿送服。三日噢,三日包好。"老姐泪眼婆娑:"阿弟,三日包好?"铁关刀一拍胸脯:"包好!"就在大家啧啧称奇之际,铁关刀操起了靠在屋角的青龙偃月刀,排开众人,迈步出门。老姐说:"阿弟,吃饭再走啊。"铁关刀大踏步向前,大声说:"阿弟要办正事,不吃啦。"

铁关刀说的正事,就是要讨还公道。根据他以往丰富的江湖经验,经过严密的推理,得出初步结论:外甥受伤,一定事关江湖仇怨。其幕后,说不定还隐藏着不可告人的阴谋。

铁关刀风尘仆仆地来到了莲塘寨。这是汀江流域的一个大山寨。村头铁匠铺主大铁锤是他的同门师弟。大铁锤说:"这石桥妹呢,就是一个挑担的苦力,他若是懂得子午流注,日头就从西边出来喽。"

不懂功夫,就不是存心害人;不懂功夫,则胜之不武。这一页,就算是翻过去啦。

次日清晨,一伙挑夫挑着大盐包络绎于途。这些盐包是潮州上行船载来的,经过莲塘寨,要在河头城"驳运"装船载往汀州、赣州。

石桥妹笨人笨力,挑得多,落在了后头。突然,路边芦苇丛里闪出一人,重重地在他的肩头一拍。石桥妹扛不住,单膝跪地。"做嘛介,做嘛介。莫搞笑子嘛!"石桥妹嘟嘟囔囔,很是委屈。那人说:"对不住啊,俺认错人啦。"

尖　刀

闽粤边汀江流域多山,重冈复岭。武邑南岩前古镇东去,有三四十里石砌路,转到象洞乡。象洞乡出产"红米",酿好酒,清冽,香醇,滴酒挂碗。此地,古邑志记载为"群象丛萃其中"。

山脚下,有亭翼然。亭系茶亭,供来往行路人歇足打尖,遮风挡雨。

时为薄暮,落日为远近田野、村落涂上了金黄的余晖。

增昌步入茶亭,舀起角落茶桶里的凉茶,痛快地喝了起来。客家人延续中原古风,长年有人担茶施舍。在客家人看来,修桥砌路施茶水,都是修好心田的善行。

"来两块油炸糕哦,细阿哥仔。"说话的是一位老人,耀贵叔,山边梁屋村的老住户,多年在这个风和亭摆摊卖零食。

增昌认得他,说:"多谢哩。耀贵叔,俺自家带了米粄。"米粄,一种客家米糕,爽口,耐饱。耀贵叔说:"刚刚熄火出锅,香喷喷的。就剩三块了,半价,算你五个铜板。"增昌含糊应答,双脚却好像生了根,并没有走过来交关。耀贵叔说:"要俺说你这个后生啊,会赚钱,也要懂花销。老古句都讲,吃在肚中,着在威风。吃下了,又暖又饱,山齿铁挝也挖不出来。"增昌想了想,买下了。耀贵叔收拾好挑子,说:"老侄哥,莫要逞强,枫树崟闹土匪了,明日过岭。"增昌说:"俺一个穷光蛋,长毛贼牯见了都怕。"

天色暗了下来。六月十六,山间清凉。增昌想着这次赴墟卖香菇得了个好价钱,心里高兴,加快了脚步。

岩前墟逢三六九,是老虎墟,人多货多,交易时间长,生意好做。同来的一伙香菇客在兴隆客栈住了下来,增昌独要连夜赶回家。他将一大把银钱藏入筒状的灰黑小布袋,形似短棍,托在手掌心,翻转,塞入衣袖,紧贴手肘。外人一点也看不出来。

"月光华华,挑水煎茶。"闽西夏夜的月亮,朗照着,山林间蒙上了一层薄薄的白雾。

"呔!"随着一声喑哑断喝,树林里,跳出了三个拿刀的蒙面人。增昌立定,垂手,甩动,灰黑小布袋滑入了路坎荆棘丛。蒙面人也不打话,围定搜身,连破草鞋也不放过。他们只在增昌的裤腰带上捏出了几块铜板,连连冷哼,很生气。其中一个,用刀背狠狠地斫了增昌一下,哑着嗓子道:"滚!"增昌顾不得背脊剧痛,连滚带爬几步,飞快逃跑。转过山坳时,他回头看,蒙面人不见了。

增昌惊魂未定,拔腿狂奔,转眼就到了枫树亭。借着残破瓦屋渗漏的月光,增昌在亭角找到了茶桶。他提起竹筒喝水,恐惧和劳累,使他感到口渴难忍。

"嘿嘿,嘿嘿嘿。"

增昌听到了不阴不阳的怪笑,很瘆人。他抬起头来,惊讶地

发现那些蒙面人又围定了他。增昌哀求道："好汉老哥,俺真的没有钱哪,放了俺吧。"一个蒙面人呵呵笑了,扬起手中的灰黑小布袋:"哼,没钱?这是什么?"增昌很痛苦,无言以对。这个蒙面人说:"你认得俺们。"增昌急了:"不认得,不认得。俺发誓不认得!"蒙面人说:"你认得这把刀。"增昌默然。还说什么呢?说什么都没有用了。

前年秋,家族联宗祭祖,闽粤赣三省兄弟梓叔都来到了大宗祠。要杀牛,请来外村师傅下手。这把长刃尖刀,一刀就结果了一头大水牛牯。大水牛牯跪在血泊里,呜咽流泪。增昌眼眶发热,扭过头去。外村师傅注意到了他,极轻蔑。增昌永世不忘。

蒙面人说:"你认得这把刀,认得俺们。留不得你!"

话音未落,三把长刃尖刀同时捅向增昌。

月色暗了。

当月色重新明亮的时候,地上已经躺倒了三个人,全是那些蒙面人。一把长刃尖刀,握在了增昌的手中,鲜血淋漓滴落。

增昌又流泪了,他懊悔出手太重了。功夫不到家,收不住哪。他抹净眼角,哽咽着,弯腰拣拾起他的灰黑小布袋。他没有往家里去,往回走。他要尽快赶回岩前古镇的兴隆客栈,明日和同来的香菇客商一起返乡。他杀了三个蒙面为匪的乡邻,却不能让任何人知晓。否则,很可能引发族群之间无穷无尽的血亲复仇。

原来,增昌是老关刀的开山门弟子,出了师。不过,他就是汀江流域的一介平常山民,谁也不知道他是江湖高人。

打铁客

邻近武南的鹞婆寨围龙屋，黑漆漆的瓦片上铺落了一层薄薄的白霜，屋脊间的杂草在寒风中摇曳。星月隐没了，天色渐渐地明亮起来。

围龙屋外的晒谷坪上，有人生起了炉火。随着鼓风箱的拉杆进进退退，火光忽明忽暗。

哦，是打铁客。

"叮当嘀嗒，火屎黏席。"打铁客是一群走村串户凭手艺卖力气的人。他们是师徒俩，汀江边大沽滩黄泥角人。昨晡下昼，他们肩挑家伙什来到了这里。当师傅的，带着徒弟，头顶破铁锅，绕着寨子，吆喝道："补锅头哎，补锅头。"

风箱、锤钳坩埚、废铁等物是他们翻山越岭挑来的，木炭现买，火炉则挖泥搭做。常来此地，他们知道哪些田墈的泥骨好用。

除了补锅，他们修补或制作犁、耙、锄、镐、锹、镰等农具以及刀、斧、担钩、门环、铁钉、门插等生活用具，还制作牛鼻环。

转了一圈，晒谷坪上就堆积了好些需要修补的铁器物件。师徒俩不急于干活，担心会惊扰村民。他们借宿于围龙屋旁的一间空房子里，早早地出外砌炉生火熔铁。

敲敲打打的声响从上午持续到日头偏西，各类铁器修补齐全了，送回各家，清扫好晒谷坪，他们收拾担子，准备转到下一个村场。

一口铁锅孤零零地摆放在晒谷坪上。也好，用石块架起铁锅，倒入一桶水，滴水不漏。这手艺，没话说。

谁的铁锅呢？老雕根的。老雕根是绰号。这是一个打流的后生，游手好闲，脚跟上安灶头。昨天，师徒俩刚安顿下来，老雕根就顶来了这口铁锅，手提半畚箕番薯芋头。

打铁客熟知这口铁锅，修补过二次，裂痕四散。看来，都是石头砸的。这次，又是老样子。谁和这口铁锅有仇呢？打铁客笑笑，收下了。

日头快落山了，不等啦。

"老雕根，你不要躲，躲得了！愿赌服输。"斜刺里闯出一条大汉，黑铁塔似的，指着围龙屋高声叫骂。

鹧婆寨的哪一个角落。围龙屋陆陆续续走出了一些青壮。其中一个说："老雕根不在家，俺们也多日不见他了。"大汉说："鬼才信！他欠俺一头牛。"那人说："老雕根单只哥，打流仔，祖屋倒是有一间半间。俺可以指给你，叫人来拆啊。你试试看。"大汉打量了他们一眼，咬牙，跺脚，车转身要走。就在这时，他瞄上了那口铁锅。大汉问："老雕根的？"打铁客说："你不能动。俺要亲手交给他。"大汉嘿嘿冷笑，后退半步，抬脚朝铁锅踢去。

这一脚，似有千钧之力。据说，此人在前些年汀州狮王争霸赛中，飞腿扫断三根碗口粗的杉木柱。遂得名"铁腿黑皮三"。黑皮三忙时打屠，闲时聚赌，是个不好惹的硬角色。

可是，这威猛刚劲的一腿，在半途硬生生地被一把铁钳夹住了，动弹不得。手持铁钳的人，是打铁客。铁钳松开，脚掌落地。打铁客说："兄弟，得饶人处且饶人。这口铁锅，俺补了三次啦。"黑皮三说："好，好，你记住，俺会还你的，连本带利还。"打铁客说："乡里乡亲的，还不还呢？没有数算的。"

转眼半个多世纪过去了,铁腿黑皮三无数次的寻仇报复,都没有得逞。这其中的惊险曲折,演绎成了许多客家武林故事在汀江流域四处传扬。

时光流逝,老雕根、黑皮三早已成为古人。打铁客真名叫做邱锡龙,却迎来了人生的又一个春天。2013年9月,邱锡龙以耄耋之年在闽省农民运动会上表演了全套"少林梅花拳",获金奖,定为"非物质文化遗产"传承人。不时,邱老应邀在县市电视台讲解博大精深的客家武术文化。兴之所至,邱老还要在电视荧屏前比画几手。邱老走南闯北,见多识广,讲述生动有趣。一次,笔者在家乡杭川电视台科教频道目睹了邱老的风采。邱老擅长山歌,开口唱道:"八月十五赏月华,阿哥出饼妹出茶。阿哥好比深山长流水,阿妹好比深山细嫩茶。嗬嘿!"

有人说,邱老是武林中人,怎么这样阿哥阿妹的?殊不知,所谓英雄气短,儿女情长。邱老的江湖奇缘一样精彩纷呈。只不过,是另一篇小说中的故事了。

我打算续写《客家武林志》,计划采访邱老。邱老的族亲宝昌兄在手机那边沉默了良久,哽咽着说,邱老不在了。

邱老的谢幕,不算豪壮,甚至还有些窝囊。说是汀江大沽滩两岸溪流,多有奇石。近年来,城里人出高价买,快卖光了。村头溪口有一块大青石,挡风挡煞,是村寨美景。邱老的侄孙又是个打流的,纠集了一帮混社会的兄弟,开来了挖掘机,要"开采资源"。村里没有人敢管,管也管不了,怕惹事。邱老闻讯大怒,颠颠上前阻止。侄孙求叔公放他一马,邱老不准许。侄孙就骂他孤老头、老绝户。邱老大怒,与之相搏。侄孙闪开。邱老扑空,不慎跌落深潭。

陷　坑

月牙儿高挂中天，发出微弱的光，满天星斗闪闪烁烁，像是露出意味深长的笑容。

这是汀江流域群山怀抱的一个村落，一湾溪流，哗哗流淌，寒风吹动芦苇，起伏不定。草丛里的小动物卷缩窝内，咕噜有声。浸冬田里的禾茬歪歪斜斜，撒落了白霜。

大年初六晚，子时，远处不时传来零星鞭炮的闷响。村头水口的大榕树下，三三两两的身影闪过，聚拢一处。其中一个压低嗓门说："齐了吗？"回答是齐了。那人又说："家伙都带上了？"回答是带上了。他们箭一般地射向山坳的那一边。

他们意欲何为？说来也简单。昨日上午，也就是正月初五日上午，是闽粤边界岩前古镇均庆寺庙会。他们的雄狮班与李家班不约而同地前往曾大善人府上拜寿。双方技艺，旗鼓相当。绕场参拜一节，李家班雄狮似体力不支，跟跟跄跄紧随其后，蹿高伏低，亦步亦趋。锣鼓骤停。曾大善人发给了李家班一个大红包，笑眯眯地称之为"大雄狮"。有识者说："朱敬贤没来，朱家班的嫩脚仔就中计了。李家雄狮步其后，玩其尾，嗅其骚，如雄护雌，起了赢步啦。"

朱家班的狮头是大名鼎鼎的南拳高手朱敬贤，有事走不开，没有来。头徒的"朱家教"桥马功夫，也是有几分成色的，气得当场就要出招，只是碍于乡里乡亲好事好头宾客众多且无胜算，遂装聋作哑,敲响七星鼓点,蹦哒而去。

回到朱家寨,头徒与众兄弟犹恨恨不已,就瞒着师傅,半夜在李家班的必经之地挖下陷坑,伪装好,单等看场好戏。

初六日,一山之隔的粤东蕉岭大坝墟"公王菩萨"庆典日。四乡八邻的客家龙灯、狮子、高跷、船灯、马灯、鱼灯将云集于此。

太阳出来了。李家寨传出了隐隐约约的锣鼓声。不久,人们就看到,李家寨远远地跳出了两头五彩斑斓的狮子。

李家班的领头是"燕子李三",负责敲鼓。这是一个常年行走江湖的角色。早年,他在广东佛山学艺,功夫过硬,鄞江杭武一带许多高手败在了他的"无影脚"下。

李家班狮子蹦蹦跳跳接近了三岔路口。他们发现,朱敬贤独自一人挡在了路口。

"恭贺新年哎,万事如意!"朱敬贤躬身作揖。

"风调雨顺呐,如意安康!"李三笑呵呵地拱手回敬:"贤哥请移步,借过,借过。"

朱敬贤指着路口,说:"这条路不好走。"

"定好了日子时辰,不便绕道。贤哥,劣徒胡闹,来日自当登门赔罪。"

"不好走。"

李三眉毛上扬:"新年新头,发个利市。贤哥,俺早就想讨教几招了。"

朱敬贤的南拳功夫,远近闻名,其"铁桥手"和"无影脚"有得一拼。两村山水相连,沾亲带故的。两人见面,怕伤和气,从来不提武艺,更不用说交流切磋了。

两人抱拳为礼,即搭手过招,来来往往几个回合后,"无影脚"被"铁桥手"制住了。李三道:"输拳不输理,不输人。贤哥,大

路朝天,俺们还是要借过的。"李三擂鼓,李家狮子一左一右奔突跳荡。朱敬贤说:"有老虎,半夜挖了陷坑。"李三挽起鼓槌,笑了:"贤哥,有这么巧的事吗?俺们急着要过路,你就半夜来了老虎。"朱敬贤说:"三老弟,俺们相识也不是一年半载的,俺啥事说过假话?"李三冷哼几声:"以往是以往,今晡就有些不同啦。"朱敬贤累得满头大汗,"俺……俺……俺"老半天,说不清半句话,一跺脚,转身,纵步跳跃。

于是,李三他们听到了"哗啦"一声巨响,朱敬贤跌落陷坑。似乎与此同时,他们闻到了阵阵三月田间熟悉的气味,农家肥大粪的气味。

众人七手八脚地把朱敬贤拖了上来,笑嘻嘻说:"贤哥,贤哥,恭喜发财!恭喜发财!"

第三辑 风水诀

闽西粤东汀江流域为中原南迁族群客家人聚居地，汀江自北而南，八百里奔流入海。岸边行走多日，又得乡土传奇若干，演绎成文，连缀为《风水诀》。风水若江湖，善恶皆由心生。过往云烟不远，君子高人一哂。

败绝符

夏日正午，吴家坊连片瓦屋在烈日下散发出丝丝热浪，田塍禾苗青青，正扬花吐穗，蝉声时高时低。

"当当嘀，当当嘀……鸡毛鸭毛鸡肫皮哎。"福茂挑着货郎担子，敲打铁板，悠悠然地摇晃在鹅卵石路上。

吴家坊是群山怀抱中的一个大村落，位于闽粤赣边驿道要点，三省通衢。村人耕读传家，出仕、经商者众多。鹅卵石路，为总道，是全村中轴线，墟天交易场所，店铺两边排开。

福茂拐入了"清香"粉干店，搁下担子，坐定。店主吴贵顺跛着一条腿，挪过来，斟上大碗凉茶，说："福茂老哥，生意好啊，又是盆满钵满？"福茂说："哦，转了几个村场，腿都跑断了。"贵顺说："毋辛苦毋赚钱哦。"福茂笑了："老规矩，多放些辣子。"

福茂也真是饿了，呼呼吃完满碗公河田粉干，似风卷残云。擦干额头，他很悠闲地掏出烟杆来，装入烟丝。"咦，火镰呢？"他差不多摸遍了全身，火镰不见了，便在货郎担里一阵急翻，累得满头大汗。贵顺见状，劝他不要找了，夹起灶炉里的一截木炭，给他点火。

福茂吸完一锅烟，似乎还在思忖火镰的去向，摸来三块铜板放在桌上，说声打扰啦，挑担走人。这次，他走得匆忙，没有和往常一样响亮吆喝。

暑气正盛。"清香"粉干店颇为冷清，福茂走后，再无食客。贵顺觉得有些无聊，摸出烟杆，也想吸上一口。这时，他发现桌底下有一团废纸,黄表纸。捡起,展开,残缺不全,上面写道:"……吴家坊……后龙山……功名将尽……比户蚁封……"还涂涂画画了好些奇形怪状的符号。

贵顺读过几年私塾,吟诗作对,先生曾惊呼为"神童"。据他口述,若非少时顽劣爬树摔断左腿,至少也该考取秀才功名的。读着残纸,他感到冷战从脚心向上传递,脊背发凉。他差点失声叫了出来:"败绝符!"

乡间传言有一种厌胜之法,画符斩断人家龙脉,可使八煞临门、灾祸连绵、断子绝孙。这就是恐怖的"败绝符"了。

贵顺意识到事态严重,立马关上店门,朝大宗祠方向奔去。途中,遇见亲房叔伯,含糊招呼一声,便颠脚擦过,疾行如风。人们都很惊讶:"这老贵顺,今晡日子做嘛介啊?"

半炷香之后,贵顺就坐在大宗祠的议事大厅上了。老族长和诸房长叔公一个个神情凝重。天井外飘入的蝉声,忽高忽低。

良久,老族长哼哼冷笑:"兵来将挡,水来土掩。天光上昼,各房在家壮丁,上山掘符。"

这一日,十三房壮丁铆足了劲在后龙山反复巡查检视,眼看日头偏西,依然是一无所获。老族长当场宣布,明日起,各房分头扩大搜寻范围并绝对保密,以免引起不必要的恐慌。

似乎事有玄机。吴家坊接连出了怪事:在朝为官者,或上书言事忤逆圣意贬谪边疆,或剿匪失利损兵折将。再有汀江木排屡屡遭劫,潮州店铺失火水淹。三房孩童跌落水塘,九房妇女莫名失踪。又,南山书院生员乡闱均告落榜。从江西买回一群水牛,一路好好的,进入县境了,却受惊失足坠崖。七月初八日,大宗祠后墙突然崩塌一丈另三尺二寸有奇。

"败绝符"的传闻弥漫于吴家坊上空,人心惶惶。逢三六九日

的吴家坊墟市,冷冷清清,商客寥寥。

"清香"粉干店的生意已多日没有开张了,没有外客,总不能喝西北风吧,开嘛介店呢?

向晚,霞光满天。贵顺枯坐家门,木然地凝视着屋檐前的"八卦阵",一只灰黑蜘蛛静心埋伏,单等猎物触网。

老族长独自来到。他掏出了一把银子,要他去汀江诸县干老本行——弹棉花。

贵顺这一去,走出了百十里远。他来到了闽西粤东交界处的商贸集散地河头城。航行于江上的乡邻看到他时,多半是躬身在河头城神庙枫树下弹棉花,身形舞动,身上沾满了毛茸茸的棉絮。

一日,贵顺刚拿起纺锤,忽然狂叫一声,昏迷倒地。当人们救醒他时,他不认识任何人也不知身在何方,他声称自己是大神大佛,要赶到一个叫吴家坊的地方救苦救难。

河头城木纲行的吴家兄弟梓叔立即将贵顺送回了老家。当他进入村口时,望见了文武庙,一个激灵,神志变得异常清醒。他可以轻松说出离家后全村发生的大小事件,连老族长昨日辰时被油篓蜂蜇了臀部的细节也一清二楚。在老族长的全力支持下,贵顺率领全族壮丁浩浩荡荡地来到了后龙山,精确而顺利地挖掘出一口深藏的陶罐。陶罐藏有秃笔四支以绝书香,铜钉两枚以绝人丁,黑炭数块以绝香火,陈谷一把以绝禾粮,还有一张用狗血画的"败绝符",笔迹与捡拾的黄表纸符如出一辙。

贵顺嘴角翕动,将陈谷铺排在土纸上,见阳光,腐烂陈谷慢慢地绽出了新芽。贵顺随即手舞足蹈,蹦蹦跳跳,作法起童:"陈谷发芽啦,陈谷发芽啦,吴家兴,吴家旺,吴家发达又兴旺!"

《吴氏族谱》记载:"晓起,遂如神归焉……十九日,填脑;越旬又四,砂砾、燕泥、酒饭补窟,次日插青一道,催龙七次。又清明,插青、祭龙、安醮。如是十年,皆师教也。"

吴家坊阴云散尽,步入了一个新的辉煌时期。三百多年后,成为世界闻名的"客家大观园"。吴家坊的另一个名字为大家熟知——连城培田。

彼时,全族人心复归稳定,安居乐业。秋雨绵绵,田塍有农蓑耕作;微风轻拂,南山时闻琅琅书声。老族长开心地笑了。他明白,其实,"忠孝仁爱"与"耕读传家",是中原南迁族群——客家人的最好风水。

风 煞

"嗒,嗒嗒,大先生,大先生……"一身粗布新装的六旬老汉,提着两只双髻大雄鸡,侍立在大先生的家门口,轻叩铁门环,颤声叫唤。深秋的日头透过后龙山繁密的林梢,散落在他厚实而略弓的肩背上。一只老黑狗围绕他蹦跳,摇晃尾巴。

他是本乡溪背古屋寨人,名叫禄堂,是个老挑担的。青壮时,带着百十条担杆,来往于汀江流域的武南和松源一带,挑米挑盐。他今天来这里,是恭请大先生看风水。麦尾子快迎娶哺娘了,亲家公说,门楼相克,要改。

大先生是看风水的堪舆师,本事大,脾气也大。一般的人还请不动他。这不,禄堂的堂表叔是大先生的堂表弟,沾亲带故。他堂表弟诞着脸搭话引荐,禄堂才有机缘挨近大先生的门槛。即便如此,也还须正心诚意,禄堂这是跑第三趟了。

"大梦谁先觉,平生我自知。草堂春睡足,窗外日迟迟。"庭院内,传出回肠荡气、抑扬顿挫的吟哦声。禄堂心头狂喜,大先生,大先生云游回家了。他跺了跺麻木的双脚,深呼吸,再次轻叩铁门环:"大先生……大先生……"

"谁呀,谁呀?像个小猫叫,没吃饱饭哪!"大门豁然洞开。禄堂眼前出现了一位八卦道袍飘飘、长发披肩、手摇鹅毛扇子的高人。他就是大先生了。

"大先生,俺叫禄堂……"

"禄嘛介堂哪,小猫叫啊?没吃饱饭啊?要不是贫道眼观六路,耳听八方,哼哼。"

老黑狗紧盯大先生,猞猞数声。

禄堂适时地捧上了大雄鸡,笑容可掬。大先生也不客气,掂了掂斤两,高兴了,念白道:"呔,此鸡不是非凡鸡,啊呀,乃是王母娘娘金銮殿前的报晓鸡。"扭头问:"是不是啊,禄堂兄弟?"禄堂点头哈腰,连连称是。他唯恐大先生突然又改变了主意。

大先生来到了溪背古屋寨禄堂家门口,手持罗盘四处踏看,点点头,又摇摇头,惜言如金,一整天,只说了两个字,一个是"破",又一个是"煞"。

三日过后,仍无结果。

禄堂一家子惶惶然,顿顿剐鸡杀鸭,好酒好菜款待,唯恐有半点怠慢。

每到用膳,大先生一扫严肃神情,和颜悦色了。其实,他心里颇为窝火,远近四乡八邻,谁个不知晓俺大先生嗜好鸡胗下酒?这三日九顿饭,禄堂家的餐桌上,硬是不见半块鸡胗毫毛嘛。心不诚,意不坚嘛,如吾杨公弟子何?是可忍,孰不可忍也。

第四日,大先生观砂察水、寻龙捉脉,折腾了好一阵子。大先生走到一处,猛地跳将起来,兀自鼓掌道:"咦!好!好!乾三连,坤六断;震仰盂,艮覆碗。子山未申是贪狼,乾壬亥子潮来家大旺。"

大先生终于敲定了门楼朝向。

客家民居建筑,向来重视门楼,俗谚云:"千两门楼四两厅"。在客家人看来,门楼将极大地左右主家的运势兴衰。

此门楼子山午向,与远处峡谷遥遥相对,巢煞直冲。此等玄机,禄堂家一无所知。

吃饱喝足了,大先生提起装满大把银子的褡裢,摇动鹅毛扇子,又要云游他方了。此时,禄堂的老妻慌忙钻出厨房,捧上了一坛香气扑鼻的腌鸡胗。大先生见状,有些隐隐的愧疚,但事已至此,不便改口了,暗自盘算好日后修正之策。他摆手苦笑:"胃寒,俺多年不用此物了。"

次日,禄堂鸠工改建门楼。老黑狗一反常态,疯狂驱赶工匠;禄堂喝止老黑狗,又被咬紧衫尾,拼命往外拖。有亲朋说,此瞎眼狗冲撞喜气,可杀必杀。禄堂终是不忍心,将其紧锁杂物间内,日日供食。

门楼落成。也不知是何时,老黑狗不见了。

一天后,人们发现老黑狗蹲伏在门楼顶上,遥对峡谷,恰似镇物,制煞辟邪。才一天哪,老黑狗变得瘦骨嶙峋,气若游丝。它瞥见禄堂那熟悉的身影,双眼流出了两行清泪。

多年前的一个冬日黄昏,禄堂在汀江七里滩挑担路过,捡回了一只伤痕累累的小黑狗。

镇 物

长长的鞭炮高挂,点燃,噼噼啪啪,四周山丘田塅回荡着欢快的炸响,老屋鹅卵石地面上,撒落了片片鲜红的纸屑。

一棵三丈余长、直径盈尺的上等杉木横跨两只木马之上,这将是老屋左侧正在兴建的"福庆楼"新宅的栋梁。烟雾弥漫间,杨牯师傅和他的徒弟板顿手持墨斗曲尺,蹦跳作禹步,中气充沛、尾音摇荡地念唱:"一棵老树在青山哪,今日鲁班仙师取来做栋梁。"

众人应和:"好啊!"

"梁头雕出金狮子哪,梁尾雕出金凤凰。"

众人应和:"好啊!"

"梁中雕出金龙现哪,金龙出现大吉祥。"

众人应和:"好啊!"

众人就是老屋主人的一群亲朋好友,中有荷香妹子,是屋主赵德福的小女儿,她忍不住扑哧一笑,扑闪着大眼睛,一甩乌黑的长辫子,转身走入里屋。

板顿瞧着她的背影,锤凿声就有些散乱。杨牯师傅轻咳一声。又合拍了。

闽粤边区客家民居,均为生土建筑,永定大埔南靖多方圆土楼,蕉岭平远梅县多围龙屋,交界处的杭川武邑,又多了"一字横屋"和"四扇三间"。

那边厢,夯墙声声;这边厢,锤凿叮当。秋日的山区,日丽风和,蓝天高远。

荷香手提竹篮,走出里屋,在遍地木屑间雀跳,立定了,叫:"杨牯师傅,快来吃点心啦。"

板顿离她近,满脸堆笑:"妹子,又带嘛介好吃的啦?"

"你猜?"

"俺猜不出来哟。"

"嘻嘻。"

"俺猜,黄猄鹿肉鹧鸪汤。"

"嘻嘻,板顿哥真逗。"

杨牯师傅放下锤凿,行前,洗手,擦干净,双手揭开鸡公碗头盖,呵呵笑了:"荷香,好香哟,簸箕粄哪。"

师傅还没有动筷子,板顿已吃光了另一碗。他意犹未尽,伸出舌头舔食碗内的葱油迹,吧嗒吧嗒的。荷香皱起了眉头。"晓得俺爱吃辣的,咋就不晓得多放点辣子呐?"板顿一亮碗底,光滑照人。荷香感到恶心,说:"哦,阿爹叫我。"丢下竹篮不要了,扭头就跑。板顿很不高兴,说:"奶姑崽崽,想老公。跑,跑,跑嘛介跑!"杨牯师傅招手,将大半碗的簸箕粄让给了徒弟,说:"多吃点,少说话。"

杨牯师徒手艺精湛,远近闻名。三日后,大梁"龙凤呈祥"图案雕刻完工。屋主赵德福东瞧西看,赞不绝口。与此同时,新建"四扇三间"的土墙达到了架设栋梁的高度,一切准备就绪,静候明日吉时升梁。

这一夜,主人宴请工匠。杨牯师傅多喝了几碗米酒,呼呼熟睡。客房油灯下,板顿悄悄拿出墨斗,在一张黄裱纸上涂涂画画,嘴角翕张。他画了三条小船,二条头朝外,一条头向内,寓意为"出多入少"。写满意了,折叠卷在衣袖内,手掌弯曲,手指勾动,黄表纸团就滚入了手心。

辰时，日出东山。福庆楼新宅升梁仪式，鞭炮声声，人头攒拥。杨牯师傅扯开嗓门喊："良辰吉日正相当哪，鲁班仙师来上梁！"

众人应和："好啊！"

"梁头向东发又贵啊！"

众人应和："好啊！"

"梁头向西添吉祥！"

众人应和："好啊！"

"梁头向天高万丈！"

众人应和："好啊！"

"梁头向地久久长！"

众人应和："好啊！"

……

三年后的年下墟，杨牯师傅在杭川县城的唐记"牛肉兜汤"店巧遇老东家赵德福。赵德福看似愁眉苦脸的，但还是执意付清了两人的开销。

杨牯师傅问："德福兄，近年一向可好？"赵德福说："木纲生意不好做，亏了。"杨牯师傅轻叹。赵德福说："有人说屋场不好，地理先生来了几拨，都说大吉大利呐。兵、匪、骗子、地痞、恶霸、险滩、做大水，凑在一块了。"杨牯忽然想起了什么，说："德福兄，明日午后，俺师徒俩过您家门口，您单请徒弟喝茶，千祈不要请俺。"赵德福不解。杨牯师傅说："到时自有分晓。"

次日午后，杨牯师徒按时途径福庆楼门前小路。赵德福热情招呼板顿先生到家喝茶，独冷落了杨牯师傅。不久，板顿喝足了，跟上了师傅，说："败了，败了！可惜了乖荷香哟，抵债，嫁到潮州啦。"杨牯师傅说："势利眼，看俺年老不中用啦，茶都不给喝。败了就败了，早知如此，就该给他家下悴。"板顿兴奋地说："下了！早下了!"杨牯师傅停下脚步,问:"谁有这个本事呢?"板顿大笑:"您老的徒弟俺哪!没想到吧?"杨牯师傅的脸色一下子变得铁青。板顿突然感到惴惴不安,他惊恐地看到,午后的阳光下,一把利斧高悬在他的头顶,闪动着冰冷的锋芒。

闽省散文名著《日落日出》屡获大奖,其《梦巢》篇插叙"下幸"(厌胜)故事,惊心动魄。去年冬,笔者前往永泰县访作者陈家恬兄,坦言将以此为母题结合闽省武邑风情创编小说。陈兄开怀一笑。

罗屋地

耀富来到罗屋地的时候,是一个十足的穷光蛋,这和他闪亮的名字形成了强烈的反差。那是一个凄风苦雨的阴冷暗晡,衣衫褴褛、蓬头垢面的耀富沿途乞讨,扑倒在罗氏大夫第温暖的大红灯笼之下。一声低哑的喝令,及时制止了两只狼狗的咆哮。老财主罗仁德的热米汤救助了因饥寒而身体虚弱的耀富,并且收留了他。

罗屋地背靠武邑东南白石顶,左狮右象,前有开阔田塅,遥接浩浩汀江,弯曲怀抱,距大沽滩不远。

罗屋地族人姓罗,谱牒载颛顼后裔祝融受封于罗,以国为氏,堂名豫章,门额氏联曰:"豫章世德;理学家声"或"宜城家声远;豫章世泽长"。宜城、豫章为罗氏发祥地。

罗仁德乐善好施,人称罗大善人。他救了耀富,好人做到底,随手将一处缓坡地借给耀富养鸭,义助搭建茅屋、添置锅碗瓢盆桌凳铺盖,赠予鸭苗及三月食粮。耀富长跪不起,叩谢恩公。仁德扶起了他,念出了一句古语:"老吾老,以及人之老;幼吾幼,以及人之幼。"族亲们个个点头称善,说,仁德,仁德,人如其名哪。

缓坡地前临一湾绿水,流入汀江,又有湖洋泽地连片,杂草丛生,荒废多年。这是一个养鸭的好地方。

眼看数百只连城白鹜鸭扑腾觅食,遥望村落华堂瓦屋袅袅炊烟。坐在缓坡地上的耀富的心中有无限的感慨。

转眼到了初秋,罗屋地田塅稻浪翻涌,一派金黄。几场秋雨过后,就该是开镰割禾的日子了。

"春羊夏狗秋鸭冬鸡"。闽粤赣边的客家人认为,秋冬时节,鸭鸡最适宜进补。耀富赶鸭入栏的时候,就有了送礼的念头。

次日一大早,耀富提着两只肥硕的白鹜鸭来到了大夫第,适逢仁德扛着锄头巡田归来,他对耀富带来的礼物坚辞不受。他说:"吃了可惜,留着生蛋吧,最好是双黄蛋。"

仁德这么随意的一说,竟然一语成谶。耀富惊讶地发现,数百只白鹜鸭所产的鸭蛋,个大,双黄,分量足,珠玉般圆润,每每在墟镇上被抢买一空。他村养鸭客无奈却一致地认定,同是连城白鹜鸭,耀富养的最为纯正,遂纷纷购蛋做种。

这一夜,缓坡地茅屋黑漆漆的,野虫声声断断续续。耀富辗转难眠。他披衣而起,坐在门槛上。突然,他看到了河湾内外,浮动着一层薄薄的光带,朦朦胧胧,若有若无。耀富明白了,这就是大吉大利大发的风水宝地啊。

明说,这是罗大善人家传祖业,岂可相让?买得起吗?暗夺,罗大善人有大恩大德于己,岂敢忍心下手?

耀富神思恍惚,几次往墟镇卖蛋,都好似踩在棉花上,飘着来回。一次,平地踢破了脚趾;一次,算了又算,还是算错了铜钱。

仁德有堂侄女,叫罗三妹。巧女,老姑子啦,尚待字闺中。缘由是,她有点"癞痢头",形象欠佳。

入年界了。耀富送来了满满的一竹篮精挑细选的大鸭蛋。这次,仁德没有拒绝。他客气让座,亲手泡了一杯云顶绿茶,还给耀富剥开了一个芦柑。耀富受宠若惊,双手也不知放哪里好。仁德说:"耀富哪,近年贵庚啊?"耀富说:"回罗叔,乙亥年生人,属小猪,虚长三十有五了。"仁德问:"还是一个人过么?"耀富涨红了脸:"罗叔,若不是您老收留了俺,俺还是个叫花子呐。"仁德说:"岁月不饶人哪,这年纪,该成家立业啦。"耀富忸怩不安:"想,想,做梦都想呐,可谁看得中俺呢?"仁德说:"三妹啊,俺看就挺好的,一块癞痢头,又有嘛介呢?"耀富默不作声。仁德说:"好哺娘哪。壬申年的,刚好大你三岁。俗话不是说,女大三,抱金砖吗?"耀富扑通跪地,哽咽道:"恩人哪,俺都听您的。"

过年后,罗三妹就和耀富完婚了。尽管罗三妹没有如同传说中许诺的那样,婚后将出落为一个大美女。她确实旺夫,随着河湾白鹭鸭成群激增,她接连为耀富生养了九个儿女,缓坡地茅屋加盖后还是拥挤不堪。鉴于罗三妹和耀富的一再恳求,罗仁德沉吟再三,将缓坡地转让给了他们。索价是象征性的,一竹篮子双黄鸭蛋。

三百多年过去了,罗屋地成了历史地名,方圆数十里内,无一罗姓人家。文化社会学者在此地进行了多次田野调查,乡人重复讲述着扑朔迷离的传说故事,他们将姓氏人口在某地的兴衰消长的主要原因归结为"风水"。我们知道,此说多半为虚构,荒诞不经。

耀富贵姓?且按下不提。

一夜塘

在武夷山脉南端、南岭北端交界处的福建武平境内,有一座高耸入云的大山。这山,叫梁野山。梁野山下,有一个村落,就叫梁山下村。

话说多年前,村里有一对密友,一个叫富城,一个叫钟孟德。富城是富甲一方的大财主,而钟孟德则是私塾先生。

一个是富翁,一个是落第秀才,怎么会成为密友?原来,这两人既是同窗,又好围棋,且实力相当,远近百里再无对手,常三天两头下棋,怎么不会成为密友?

这一天,是初春的一个阴雨天。富城来到桃花坞,找孟德下棋。话说这桃花坞,隔一弯绿水,与梁山下村村场相望。孟德见此地风景秀丽,便单家独户构建居室。也不知过了多久,窗外下起了大雨。突然有人猛敲门,孟德虽不悦,还是开了门,进来的是位老叫花,被大雨淋得像落汤鸡,浑身发抖。孟德见状,便叫来妻子,弄一套旧衣裳给他换了。老叫花临走,说了声:"这宅基右侧山坡,千里来龙,到此结穴,是风水宝地。"两棋友一听,哈哈大笑。

雨停了,棋瘾也过了,富城就回去了。

这夜,孟德因赢了棋,高兴,多喝了些酒,便早早地睡了。

次日醒来,孟德大吃一惊,四周桃李树木不见了,成了鱼塘,鱼塘四周,则是一畦畦青菜,还挂着露珠。这是怎样回事呢?

怪事说来就来了。富城带着一帮人,手持地契,翻脸不认人,说这鱼塘菜畦是他家的,要移迁祖坟到此,敬请孟德一家早日搬走。孟德破口大骂,富城等人却扬长而去。

孟德告到了官府,无奈富城钱可通神,孟德官司打输了,一输再输。孟德一气之下,便悬梁自尽。妻子见状,也跟了去。

这个孟德一家算是家破人亡了?这话说早了。孟德有一子,年方十八岁,名叫玉山,因结交非人,专好偷鸡摸狗,偷香窃玉,被孟德赶出了家门。

这日,玉山正在怡红院鬼混,听得噩耗,却不动声色,谈笑自若。入夜,玉山失踪了。

玉山哪里去了呢?

玉山来到了梁野山均庆寺,苦求武功盖三省的大德方丈收为徒弟,传授武功。大德方丈一声佛号,便闭门不出。玉山于是长跪山门三天三夜。

第三夜,玉山昏倒了,被大德方丈救起,收为徒弟。

说是收为徒弟,大德并不传授武功,成天指使玉山干些扫地、砍柴、挑水、做饭等粗活。玉山为学武报仇,也便忍下了。这样,过了一年多。

元宵之夜,玉山独自坐在烛光前,眼泪直流。

此时,大德方丈来了,递过一个陶钵,叫玉山连夜到山下三元百年老店,买碗汤圆回来,要热的。

山上山下来回,足有四五十里。玉山起初愤愤不平,转念一想,便应了一声,捧过陶钵下山去了。

玉山气喘吁吁返回均庆寺时,天亮了,汤圆冷了。大德方丈说:"此后,每日如此,何时汤圆热了,何时教你绝活。"

这样,玉山在山上山下奔走了三年,最后,捧回一钵热汤圆时,一炷香还没有燃尽。

这日,大德方丈唤来玉山,说:"徒儿,你该下山复仇了。"便如此如此这般这般定下了一计。

玉山来到梁野山南二百五十里外的广东梅县开了一间山货店。三个月后的一天下午,玉山在梅江酒楼喝得大醉,硬要一盘泥鳅胡子。店家做不出这道菜。玉山便乘醉砸了这家店的招牌。庄主火了,唤人将这福建武平佬扭送进了县衙。县令见醉汉闹事,判了赔款,打了一顿板子,当场放了人。

当夜,玉山飞奔回福建武平,将熟睡的仇人富城飞刀射杀后,飞速返回广东梅县。

次日一早,玉山请来梅县贤达,又唤来了一班人,抬猪牵羊,一路鞭炮炸响,向梅江酒楼赔礼道歉。

话说武平县令接报大财主富城被杀一案,便去现场勘察,断定是仇杀,最后,认定玉山最为可疑。

武平捕快来广东梅县捕人。梅县县令哈哈大笑,出具玉山酒醉砸招牌一案具结公文,又唤来梅江酒楼掌柜,证实次日早晨玉山赔礼道歉一事。梅县县令笑道:"一夜奔走五百里来回杀人,此非人也,乃神也。"

芒杆竹箭

我第一次来到古镇的时候,就喜欢上了这里的风物景致。那时,雨水过后,正月十五挂满老街两旁的花灯依旧光鲜亮丽。我漫无目的地四处溜达。天上飘洒雨丝,我厕身游廊,就遇见了她。

这是一个小卖铺,出售草鞋、木屐、畚箕、鸡笼、竹箩、盘篮、簸箕等物,还有一种时下不常见的筐形器物——竹墢。

她约莫十八九岁,长辫子,大眼睛,系客家围裙。那时,她正坐在竹椅上,旁若无人地操刀剪纸。一张彩纸,随刀运转,变幻成各种寓意吉祥而繁复多变的图案。她提起刚完成的剪纸作品,移近光亮处仔细端详。为避免遮挡光线,我挪过一边。我看到她手中展示的,是一员银甲金盔持枪跨马的少年将军。瞬间,我恍恍惚惚,疑在梦中。

《古镇民间故事》记载:古镇未设之前,西南五里许有石阁里,靠山近水。有兄弟两人从宁化石壁村逃难至此,担子箩索断,遂卜居焉。兄阿发开山耕田,弟阿龙下河牧鸭。多年后,阿发娶妻。一家三口,其乐融融。阿龙牧鸭归来,爱好剪纸,不时偷走阿嫂做女红的剪刀躲在柴寮内,闭门不出。兄嫂虽感不解,也不甚怪异。年深日久,阿龙剪出的纸人纸马、刀枪剑戟等物装满了整整三间谷仓。一日,阿嫂的剪刀又失踪了。她寻见阿龙剪下一只大雄鸡和一副弓箭。阿龙说:"阿嫂,这只雄鸡今晚会啼更报晓,听到后请马上叫醒我。"阿嫂随口应诺。当夜,阿龙睡不安稳,三番五次催问阿嫂。阿嫂不厌其烦,遂起床假装鸡啼。阿龙听得真切,一跃而起,面向北方连发三箭,便入内安然熟睡。不久,纸鸡啼叫了。阿嫂惊讶,遂默不作声。

《古镇民间故事集》说,这三支箭,飞越万水千山,分别射中紫禁城龙床、御用洗面架和金銮殿龙椅。次日晨,皇帝临朝,追问满朝文武。丞相启奏:"新天子芒杆竹箭,不是广东就是福建。"皇帝遂下旨封新科状元为钦差大臣,微服率锦衣卫精干火速前往闽粤两省明察暗访。此行如大海捞针,久无结果。钦差大臣忧心忡忡,整日借酒浇愁。此日午后,他信马由缰,来到了汀江流域的武邑石阁里。此地峰峦俊秀、伏脉千里，料想必是一处非凡之地。忽见一湾绿水蜿蜒南去，白鸭成群，一人头枕竹杆、平伸双臂叉开双腿躺在草地上呼呼大睡。此非"天"字乎？钦差大臣一个激灵，酒醒大半，低声发出喝令，随从左右的锦衣卫锐卒纵马上前，挥刀斩落。

传说，阿龙捧起头颅放回颈上，飘飘然回到了家，问阿嫂："阿嫂，阿嫂，请您告诉我，萝卜割了还能再生吗？"阿嫂反问："脑袋都割掉了，怎么还能再生呢？"阿嫂话音刚落，阿龙颈上断头随之滚落。接下来的记载，是朝廷对闽粤"王霸"风水的毁灭性破坏，积威波及，以至于今日古镇，成为汀江流域的一处普通而平凡之地。

望着她那似曾相识的身影，我不知说什么好，我不敢多想多看，转身走入了细雨蒙蒙的老街。

两位古镇文化站的干部慌忙追了上来，为我撑开了雨伞，道歉不迭。

其实，我只不过是一个普通的历史文化名镇评审委员，此番前来考察，报送资料看多了，产生了幻觉。

夜晚，雨还在下，淅淅沥沥。我关窗闭户，静心地待在古镇招待所继续翻看资料。有人敲门，打开，是年轻的挂职镇长，我福建师范大学的学弟。他送来了半竹篓产自武溪河边的金橘，还特意赠予一叠剪纸作品，说作者小芳是国家级"非遗"传承人，这些都是精品。

灯下细看，跳出了一张熟悉的图案。

一员银甲金盔持枪跨马的少年将军，英姿勃勃，迎面而来。

第四辑 客家江湖

午后高楼,忽闻清脆的鸽哨在都市上空回旋。我明白,水泊梁山的年代早已悄然远去,我曾经的农耕生活隔着万水千山。所谓的江湖,剩下的,只是纸上水墨烟云,梦里铁马秋风。

飞蝗石

上弦月,寒冬,陈家大院笼罩在朦胧的月色之下。

卢捕快摸了摸暗袋里的飞蝗石,心里平添了几分底气。他明白,他要对付的,是武功一流的江湖大盗,旬日之间,已经有三位兄弟伤在此人的飞蝗石之下了。

"盗贼不是善用飞蝗石吗?这趟差事,就该是你卢捕快的了。"汀州府武平县张县令似笑非笑,派出了卢捕快。张县令说:"你们该是师出同门了,抓不到人,你就不要回来了吧?"

陈家大院是武邑退隐翰林学士陈大人的宅第。江湖大盗在连连得手之后,放出话来说,下一个目标是陈家大院的玉麒麟。传闻,陈翰林家的玉麒麟,乃当今圣上亲赐。为确保万无一失,陈家特地从汀州府雇请了威远镖局的两位好手看家护院。

陈家大院隐隐约约的灯光,在寒冷的冬夜散发出丝丝暖意。三更的梆子声自南门外断断续续传来。颇为困倦的卢捕快强忍住不时袭来的睡意。

"这鬼天气,盗贼也该睡大觉了吧?"卢捕快思忖着。

"谁?站住!"威远镖局两位好手几乎同时发出了喝令,但见一道黑影从陈家大院的屋脊一闪而没。镖师当即一左一右纵身上屋。看着威远镖师的敏捷身手,卢捕快心中暗叫了一个好字。不料,两粒飞蝗石破空射出,两镖师来不及喊叫,齐齐载落。

"不好!"卢捕快立时冲了出去。三道寒光直奔而来,悄无声息。卢捕快一扬手,一把飞蝗石脱手飞出,快如闪电。

"啪""啪""啪""噗",四声连响,六颗飞蝗石在空中撞落,随之滚落瓦屋的,是一位黑衣人。

火把通明,陈翰林和众家丁围定了盗贼。卢捕快以戚家刀将蒙面盗贼的面纱挑开。火光下,是一位楚楚动人的女飞贼,目光哀怨。

那"噗"的一声,正伤在她的脚踝上。

陈翰林怀抱玲珑剔透的玉麒麟,悠悠然道:"卿本佳人,奈何做贼?"

鉴于此女飞贼作案跨州连郡,县令大人将其起解汀州府。押送者,正是卢捕快。

武平县位于汀州府南,临粤东赣南,系鸡鸣三省之地。北去汀州府二百余里,有两条捷径。水路,出武北桃溪湘店逆水而上;旱路,越当风岭,经大禾、桃溪、湘店,入汀南濯田、羊牯岭、四都或河田、南岩,抵达府城。

冬日水浅,逆水难行。卢捕快遂决定走旱路,也即山路。日出时分,他们就上路了。张知县对卢捕快说:"如此要犯,只有偏劳你这位南少林高手喽。"

这一日黄昏,他们来到了当风岭。

当风岭是一脉连绵高山,山之北,为武北;山之南,是武中武南。高处不胜寒,郁郁葱葱的山峰之上,已经有了晶莹的积雪。

夜色四合,他们来到了一处茶亭。

闽粤赣边客家地区,多有茶亭,实为庞然瓦屋而中路贯通,旁有小屋作简易厨房,便利过往行人。

他们来到茶亭歇息打尖。

黑夜,天寒地冻。卢捕快抱来木柴,生起了火堆。女飞贼挨近

几步,坐下,说:"这位阿哥,我冷。"

卢捕快不说话,解下自己的披风扔在女飞贼的木枷上,转身走向茶亭入口,左手紧扣飞蝗石袋。

"我独往独来,没有同党。我是梅影。"女飞贼见卢捕快警惕的样子,笑了。

侠盗梅影?为何在县令面前谎称跑江湖的绳伎,误入歧途?卢捕快皱了皱眉头。

"这位阿哥,梅影技不如人,没得话说了。看你那飞蝗石功夫,当是艺出南少林,与吾师五枚师太有莫大的渊源。"女飞贼侃侃而谈,她看到了火光中卢捕快双肩的细微颤动。

"这位阿哥,我们何不双宿双飞,快意江湖?你若是愿意,今晚,今晚,梅影就可以……为你取暖。"女飞贼注视着卢捕快,可惜她只能看到他冷峻的背影。

"咔嚓。"

女飞贼清晰地听到了飞蝗石碎裂的声音,她立即停止了说话。她明白,汀州府大牢在远处等着她。这种命运,看来谁也无法改变。

第二日,经大禾、桃溪,宿湘店。

第三日,入汀南濯田,宿羊牯岭。

第四日,过河田,抵达南岩,汀州城已经遥遥在望了。

正是午时,转过一处山角,一路跋涉的他们看到了一间路边店铺,飘动的"太白遗风"幌子明确地告诉他们,这是一间酒店。

入得店来,卢捕快看清当垆卖酒的是一位老头和老妇人。闻得酒香,他拍出了一把铜钱,说:"不要酒,要茶,云雾茶。"

一壶热茶很快就端了上来。卢捕快闻了闻,大喜,此茶是家乡梁野山云雾茶。他想了想,说:"给她,也沏上一壶吧。"

无惊无险,出奇顺利;异地他乡,居然还喝上了家乡好茶。卢捕快心情舒畅,大碗喝茶,喝了一碗又一碗。当他喝上第三碗时,他喝不下了,他感到天旋地转,茶碗在手中滑落。

卢捕快醒来时,是在汀州府的大牢里。他"私纵飞贼","罪不可恕",张县令密令捕头一路追踪,逮个正着。几乎与此同时,自以为高枕无忧的陈翰林大意失荆州,家藏玉麒麟不翼而飞。

令人意想不到的是,卢捕快越狱了。救他的不是别人,正是他一路押送的女飞贼。从此,千里汀江水路,时闻飞蝗石破空之声。

更令人意想不到的是,武平县衙的张县令在一夜之间消失了。他的消失,非常漂亮。他模仿义薄云天的关公,"挂印封金"。

这是为什么呢?

破铜锣

初五日上午,晴,我去桃地作客。

桃地在当风岭以北,重冈复岭,出产一种山桃,个小,皮薄,鲜甜。此时的桃地,已是桃花满山。

摩托车沿山路上下盘旋,很快就到了桃地围屋。

围屋,又叫围龙屋,是南方客家人群族聚居的地方。桃地围屋,住了桃地李姓的几百号人。我要找的,是老同学李文才。文才早等在门口了。门口墙角坐着一位孤零零的耄耋老人,他的打扮有点奇特,穿灰色长袍,双手还捂着火笼。他正眯着眼睛晒太阳。

文才说:"三伯公,好回去吃饭了。"老人含含糊糊应了一声,就不说话了,哈喇子流在长袍上。

聊了大半个下午,文才和我一起回县城,出门,那位老人还是坐在原地,看到我们,嘟囔了一句什么话。文才笑着说:"三伯公,吃饭了吗?"老人不理睬他,眼睛悠忽一闪,又合上了。

我载着文才回县城,途中,我们在一处山顶凉亭歇息,抽烟。文才说,我那三伯公嘟囔的话,说来好笑,反反复复只有三个字。那三个字? 破－铜－锣,或者,扶－铜－锣。

破铜锣好理解,扶铜锣呢? 费解吧? 铜锣倒了,要扶起来吗?

要说清破铜锣或者扶铜锣,得要先说说松口。松口是汀江韩江流域的一个大镇,船舶云集,赣南闽西粤东北大宗山货、潮汕大宗海货在这里"过驳"。汀江韩江是同一条江,是上游下游的不同称呼。松口是广东梅州的一个镇,牛得很呢,有"松口不认州"的说法。松口出过翰林公,出过大将军,出过好些个"赛百万"。传说,清初南明王子就曾流落到这里隐居。

60多年前,民国时期,我的三伯公太,也就是我那三伯公的老爹。为了方便叙述,我们叫李老头吧。在松口卖铜锣,住在一个小旅馆。您写小说的,叫悦来客栈吧。这一天,晚,下雨了,春雨潇潇啊,天冷,李老头喝了几壶客家米酒回来,把铜锣担子放好,睡了。第二天是个墟天,李老头起了个大早。他发现他的铜锣担子上压着一个狮头,就把狮头放在地上,匆匆忙忙挑起铜锣担子走了。

这下可惹上大麻烦了。这狮头,是打狮班的"圣物"。昨晚,一群走江湖的打狮班随后住了进来,顺手把狮头压在铜锣担子上了。你现在把人家的"圣物"搞在地上,这不是侮辱了人家吗? 这不是瞧不起人吗?

狮班班主,是一个络腮胡子,壮年,好似黑铁塔。头一日上午在码头表演,借口说场地不够宽敞,三脚扫开了三个几百斤重的大石墩。码头上的雇请人力费了好大工夫才挪回原处。这下,黑铁塔叫来店主,问是谁干的?店主不敢隐瞒,告诉他同住的是卖铜锣的老李头。

三伯公太,就是刚才说的老李头,正敲着铜锣沿街叫卖。猛然,一只手搭在他的后肩,老李头一转身就化开了。嘿,还是会家子哪,同行啊同行!失敬啊失敬!来人正是黑铁塔。这老黑就说了,把我的狮头弄在地下,本来叫你搞个猪头祭一下就算了,今个看来,你是有意瞧不起人喽。没说的,决生死,米冈就很宽敞,日子时辰你定!说完,黑铁塔不容老李头辩解,扬长而去。

老李头一下子呆了。老李头走南闯北,社会经验还是很丰富的,他知道大事不好,就立马找组织来了。当时在松口的民间组织叫汀州会馆。会董听完,也很紧张,会馆刚好有了空房,就把老李头先安顿好,叠脚来到悦来客栈,找黑铁塔求情。说了一大堆好话,赔钱,不行;祭拜狮头,不行;请酒席赔礼,还是不行。

回到汀州会馆,会董说,我说老李师傅呐,晚上您就溜了吧。老李头说,溜了,不就连累您了,我老了,无所谓了。这黑炭团不是太欺负人了嘛。给我七日好了,我叫我儿子来。

我们老李家,世代耕读练武,南少林的。南拳中,"洪刘蔡李莫"五大家,这个李,就是指我们李家拳。您知道,李家拳,又有叫"李家教"的。都成"教"了,功夫能稀松吗?老李头的儿子就是小李了,就是您今天看到的我那三伯公。您别看他流哈喇子的那样子,当年,他风光啊,听老辈子说,是我们武北六十四乡的头名教打师傅。这么跟您说吧,汀江码头,一般人扛二包盐,他呐,一次要扛五六包。

小李接到口信,第三天就赶到了松口镇汀州会馆。老李头关起门,指着条凳上的一堆"包纸"说,试试看。"包纸",汀州名产土纸,坚厚非常,也就是过去的包装纸吧,以42张为一"刀"。"刀"是计量单位,意思是说,用刀切割齐整。小李提刀,凝神静气,大吼,猛力劈砍,刀入包纸四"刀"。老李头摇摇头,接过砍刀,挥刀斫杀,刀入包纸五"刀"。力道远胜儿子了。老李头擦了一把汗,说,儿啊,要诀生死了,怎么还和刘五妹黏黏糊糊呢?小李一下子脸红到了脖颈。那刘五妹啊,就是我后来的三伯婆了。您还别笑,三个儿子,都在大城市当房地产老板,您要在福州买房,我说一声,给您打个折。

第七天,是个墟天。松口是个什么地方啊,"松口不认州"呐,热闹。中午,黑铁塔一行、老李头一行前后来到了米冈。他们进场的时候,有人看到他们相互间还笑了笑,打了招呼。

米冈是群山怀抱间的宽阔土冈,果然是个好地方,不远处,韩江缓缓流淌。正午的阳光,晒得人暖洋洋的。早听说有教打师傅在这里决生死了,赴墟的人陆陆续续赶到了,里外三层,人头攒动。

双方中人宣读生死文书后,便是一声锣响。黑铁塔和徒弟,各执耙头长枪;老李头和小李父子,各执木棍钩刀,一对一,两两相持。他们出手都很谨慎,兵刃间或碰击一下,又各自跳开。就这样进进退退,对峙了将近一个时辰。场中的双方累得连汗水也不敢擦,只是呼呼喘着粗气。场外的一些看客就有些不耐烦了,连声叫着,耙头上啊,钩刀上啊,长枪上啊,木棍上啊,中看不中用哪,做把戏啊,耍花招啊,怕死鬼哪!打啊,打啊!

太阳偏西了,日光斜射过来,向西逆光的老李头好像有些越来越不适应了,时间长了,岁月不饶人吧。那时,老李头手脚颤抖了,突然一个趔趄,往地上扑去。黑铁塔举耙迅猛前驱,说时迟,那时快,老李头一个"鹞子翻身",举棍往黑铁塔腹下奋力一挑,黑铁塔腾飞空中丈把高,叫了一声,坠地气绝。

这一声叫,就是破－铜－锣。有人说,黑铁塔在七天的等待中,慢慢后悔了,恃强凌弱非武者所为。进场后,迟迟不进攻,一心指望双方中人叫停。当他看到老李头栽倒时,没有使出"铁牛耕地"一招,而是举耙向天,出自本能,想扶老李头一把,就此结束决斗。因此,他说出的最后一句话是——"扶－铜－锣"。

是"破铜锣"还是"扶铜锣"呢?小李一直迷惑不解。小李在漫长的岁月中,成了三伯公,到了他的耄耋之年,他就常常坐在围龙屋的大门边,念念有词,今天是"破铜锣",明天又成了"扶铜锣"了。

在当地客家话中,"扶"和"破"差不多是同音字。

说完故事,文才问,您说呢?我把烟头踩灭,说,回城吧。

车行山路。夕阳映照的山冈上,有一树一树的桃花开放,山风吹过,又有一树一树的桃花飘落。不远处,汀江泛着迷离的波光。我想,这条大江,还隐藏着多少传奇故事呢?

五色鱼

我们站在武所迎恩门之上,弥望荒草萋萋,几只芦花鸡悠闲地觅食草丛。远处,是鳞次栉比的白墙黑瓦。瓦屋上,有好些翻晒的植物果实,五颜六色的衣裳在阳光下飘飘扬扬。

这个武所,即武平千户所。大明洪武年间卫所制的产物。武所隶属汀州卫,扼闽粤赣边,为"全汀门户"。传闻大明开国元勋刘伯温修筑此城,老城、新城、片月城三城勾连,城高而厚。武溪河汤汤南去,汇入韩江,带来舟楫之利。

武所原有"八大城门",时下,迎恩门硕果仅存。

武所的街角,烈日下斜挂着一杆幌子,上面写着:"家传秘方客家酿酒"。看那陈旧的样子,是有些年头了。客家地区,几乎家家户户都会酿酒,说什么"家传秘方",岂不可笑?同行的电视台美女记者真的笑了。她笑着说:"哇,还祖传……秘方啊?"

我忘了交代清楚,上述的"我们"是指我——《福建文学》编辑、海峡卫视"客家人"栏目组美女记者、武所文化站徐站长,为拍摄"客家祖地百姓镇"人文纪录片,此时,正站立在迎恩门之上。

老徐似乎有点不高兴,说:"当真是家传秘方,知道五色鱼吗?"

美女记者自知失礼,就眨着一双大眼睛,装着一副天真无邪的样子:"什么,什么五色鱼,是热带观赏鱼吗?有什么传奇故事呢?"

老徐说:"你猜对了,五色鱼本身就是个传奇,传奇!"

大清顺治二年(1645),清军攻破宁波、绍兴、台州三府,直逼福建汀州。次年,清军李成栋部攻破汀州城,连城、永定、漳平、上杭诸县纷纷归附,而武所小镇,却坚守逾年后惨遭屠城。据《武所分田碑记》载"自顺治三年至五年止,陷城三次"。

"陷城三次",实际上是"屠城三次"。《武所分田碑记》的撰写时间,规定了作者的春秋笔法。武所由于独特的地理位置和肥田沃土,在三次成为"空城"之后,周边姓氏三次"填空",遂形成今日武所"百家姓"群族聚居的格局。

老徐说："五色鱼的故事，发生在第三次屠城前后。"

话说清顺治四年，在清军第二次屠城之后，周边姓氏陆陆续续迁入武所，其中，就有陇西堂的老李头。老李头在我们看到的迎恩门不远处开了一家酒馆，长年卖一种米酒。这酒，以梁野山甘泉糯米酿制，开坛香满一条街，号为"透坛香"，斯文一点的就说是"太白酒"。李太白，是诗仙酒仙，他们老李家的先祖。其实，他这酒，就是客家酿酒，不过，制作工艺更为精湛就是了。

武所卖酒的，只此一家，别无分店。酒店靠街是柜台，靠墙是一溜酒坛，另摆设有一些陶罐，陶罐底下铺有防潮石灰，石灰之上，是当地的紫衣花生，以土纸盖得严严实实。老李头卖酒，下酒料就卖紫衣花生。如果客人还需要一些别的，好办，酒店旁就有卤料店，再走几步，"闽西八大干"应有尽有。

武所是闽粤赣边的一处水路要冲，周边山货海货在此交易，商旅络绎。通常，一些客人沽上一壶酒，卖一包紫衣花生，坐在店里的八仙桌旁，边喝边聊，一壶酒尽了，人也差不多要走了。

那年头，老李酒店，有一位奇特的顾客。这人五十开外，是一个类似于当今连营干部的汉军八旗"把总"，粗壮，络腮胡子，刀疤脸。若无特殊情况，此人每日正午必从驻地来老李酒店，在柜台拍出三文铜钱，二话不说，将老李头端来的一大鸡公碗头客家酿酒一饮而尽，咂咂嘴，长吁一口气，蹽脚走人。

就有好心人细声提醒老李头了，你可要小心啦，前次屠城，就数这刀疤脸杀得最凶！老李头苦着脸说，要做生意啊，这又有什么办法呢？

这一天，刀疤把总又来了，照例是拍出三文铜钱，不说话，一仰脖子，饮尽满碗米酒，咂嘴，嘘气。这次，他没有立即蹽脚走人，他饶有趣味地看着烈日下有气无力的酒幌,问:"家传秘方,太白遗风?什么郡望?"老李头点头哈腰,忙说:"陇西堂,陇西堂,西平,北海。"刀疤把总就笑了:"哦,西平世第,北海名家。"说完,走了。

老李头感觉到他的心拔凉拔凉的,手心出了汗,冷汗。

这是一个闷热的正午,远处隐隐传来雷声,武溪河上的大水蚁在墙头瓦角飞来飞去。老李头正犹豫着是否关门歇业,刀疤把总闯了进来。这次,他靠墙面街坐定,从身上抓出一把铜钱,拍在八仙桌上,只说了两个字,第一个字是"酒!",接着,刀尾转向陶罐:"菜!"战战兢兢的老李头注意到,他的佩刀刀鞘上,还有新鲜的血迹。

老李头抱来一大坛"透坛香",刀疤脸不吭一声,食指如钩,啄开酒坛封口,捏碎一大把紫衣花生,自斟自酌。喝着喝着,天空中划过一道闪电,响起炸雷。老李头吓了一大跳。刀疤把总歪斜着,一动也不动,笑骂了一声:"熊包,还西平北海!"

大雨哗啦啦地泼下来了,酒店的屋檐很快挂着一道雨帘,掉落石板,溅起四散水珠。老李头回头看看时,刀疤把总伏在八仙桌上呼呼大睡了。

"军,军爷,军爷!"老李头蹑手蹑脚,轻叫了几声,回答他的是沉沉的打鼾声。老李头焦急地来回走动,这把总受凉了咋办?想着想着,老李头把一件蓑衣披在他的身上,关了大半店门。漏光的地方,有冷风吹来,老李头挡在那里。

大雨停歇了。老李头感到后背一紧,就看到刀疤把总揉开了他,蓑衣啪地挂在他的肩头,踩踏满街积水去了。

老李头很快就听说了,武所西边的长安崇有义军出没,刀疤把总率部"搜剿",结果中了埋伏。

第二天,是个大晴天。一大早,老李头刚打开店门,刀疤把总慢悠悠地踱了进来。老李头脸上立即堆上了笑容:"军爷,您喝酒?"刀疤把总猛地抬手,一鞭子打碎了一只酒坛。老李头吓呆了,愣在那里。刀疤把总说:"武溪河有下酒好菜,五色鱼,你给俺捞来。"说着,刀疤把总又是两鞭子,啪啪打碎了两只酒坛,一字一顿说:"捞不着五色鱼,俺一把火烧了这鬼鸟店!"

老李头耷拉着脸,立马下河捕鱼,从上午到下午,从武溪到韩江,一无所获。落日西沉,老李头满腹辛酸,正欲返回武所,一群难民扶老携幼踉跄奔来。他们哭着说,武所屠城,百姓无一幸免。

老李头吓得瘫坐在地上,说不出一句话来。

稻　穗

黄昏,稻穗在旧屋角的地垄里泼菜。菜是雪里蕻,雪里蕻浑身碧青,当地客家话就叫青菜。稻穗把一瓢水泼出去,成扇面平铺开去,在夕阳的斜照下,很好看。

我写下上述的文字,觉得这场景似曾相识。不过,我关心的是稻穗的命运。您知道,在我们枫岭寨老辈人的传说中,稻穗是我们枫岭寨数一数二的好姑娘,是"头碗菜"。

"头碗菜"十九岁那年,一顶花轿吹吹打打地把她接到汀江对岸的石寨村,嫁给了石生妹。

石生妹是位粗壮的小伙子。客家人为后辈男婴取名,习惯借

用女性符号,如"观音妹"、"太阳妹"、"松树妹"、"石桥妹"等等。前些年,我们到粤东九屋岽的亲戚家做客。开席,大家都说饭菜味道"真真吊神"。亲戚说,厨官师傅叫三妹子,喊出来时,却是一个彪悍的汉子。

稻穗嫁给石生妹,是双方父亲在粤东三河坝走江湖时定下的,古称"指腹为婚"。稻穗姓林。老林和老石二十年前在异地他乡有何江湖故事,是另一则传奇。

稻穗嫁了过去,发现石家已经破落了,石生妹和瞎眼老母相依为命。三朝转门后,稻穗就脱下大红衣裳,挑起畚箕锄头下地去了。梓嫂叔姆就说了,稻穗"扎牙扎手"哦,石生妹有福气啊。一年后,稻穗生了,是个男丁。祠堂"新丁告"说:"学名发贵,乳名观音妹,请众同呼。"

稻穗泼完一担水,直起身揉揉酸痛的腰眼。她忙了一整天,刚从山里耘"八月粘"回到屋里,又来泼菜了。这时,她看到了她的丈夫石生妹从墙角边溜了过去,一闪而没。

八月秋高气爽,正是闽粤赣边客家人以生土建房的好时节。六叔公要建一间边房,就看中了石生妹的一身蛮力,请他当了夯墙师傅。夯墙下架子了吗?他这鬼鬼祟祟的干什么?稻穗满腹疑问。

向婆婆请过安,侍候三岁的观音妹睡了。稻穗吹灯歇息。石生妹一粘席,即鼾声如雷。稻穗思前想后,摇了摇丈夫。鼾声停了,石生妹咂咂嘴,嘟囔道:"干什么呀?"稻穗说:"我问你,断夜边你干什么去了?"石生妹说:"学功夫!"翻身睡了。稻穗双眼盯着黑漆漆的屋梁,直到鸡啼头遍。

早听说村尾老八妹家来了位教打师傅,单掌开石,长枪刺喉,利剑砍腹……功夫十分了得。于是,早晚就有许多本村青壮拜师学艺。

客家地区崇文尚武,南拳诸流派功夫在此盛行。习武防身,是光明正大的事。稻穗不好说什么不是。习武不是嫖赌逍遥,随他去吧。家里家外,我累些苦些,也就算了。

天刚蒙蒙亮,稻穗就煮好饭菜,给婆婆端上,喂饱观音妹,打好蒲草饭包,就用铁耙挑起一担火土,上山耘田去了。"八月粘"一般是种在深山冷水田里,一年一熟,耘田时顺便施肥。

落日西沉,稻穗挑着一担柴草回家了。放下柴草担,稻穗取下了挂在铁耙木杆上的"头帕",里头,有一把鲜红的棠棣子。稻穗捧着,转过内门,便听到了婆婆的啜泣声。"婆婆,婆婆!"稻穗快步奔来,她看到了婆婆抱着孙儿痛苦而绝望的样子。观音妹睁开眼睛,吃力地叫了声:"阿妈……"

观音妹额头发烫。稻穗抱着,摸黑拍开了村头"神针伯公"的大门。伯公家正在吃晚饭。伯公放下碗筷,摸摸观音妹额头说,莫惊,莫惊。几根银针扎下去,退烧了。伯公挥手制止了稻穗的一连串感谢声,说:"两公婆都是糊涂虫,猪头三,大番薯哎,要不是我在家,要是迟来一时半刻,哼哼,你们要后悔一辈子!"

回到家,稻穗煮了两个荷包蛋给观音妹吃了,观音妹很快熟睡了。待婆婆吃过,稻穗在饭桌边就着一碗咸菜吃饭。孤灯如豆,散发着昏黄的光。稻穗吃着吃着,两颗眼泪掉进了饭碗里。

石生妹哼着小调回来了,走廊上传来他懒散的踢踏脚步。看见老婆,满嘴酒气的石生妹来了个"金鸡独立",再来了个"白鹤亮翅",哈哈吼吼的,挨近了稻穗。当石生妹趁势打出"黑虎掏心"时,稻穗一扬手,就把他摔在了墙角。石生妹不敢相信自己的眼睛,定了定神,换了几招攻来,稻穗还是不紧不慢地吃饭,突然起手,把他摔向墙角。摔了几次,石生妹从地上爬起来,狠狠地说:

"老婆,你不要逼我出绝招!"稻穗冷笑:"哼,绝招?就你这三脚功夫,给我提草鞋都不配!"

客家话说,夫妻无个隔夜仇。又说,床头打架床尾和。第二天,夫妻都出工去了。晚上,石生妹练武回家,格外殷勤,上半夜还破例去村口挑回三满缸水。稻穗明日还要上山耘田,睡了。石生妹上床眠了一会儿,爬起,打开窗户张望。和衣躺着,又弹起,呆坐床沿,良久,他站立在稻穗的前边,看着妻子熟睡的样子,犹豫着。突然,石生妹并指重重点击在稻穗的双乳之间。此为檀中穴,俗称心窝穴,三十六死穴之一。江湖《子午流注歌诀》言:"子时走在心窝穴,某时须向涌泉求。"稻穗惊起,心口隐隐作痛,望窗外月色,明白这正是午夜子时。稻穗的眼泪流了出来,说:"石生啊,嫁给你以后,我哪里对不住你呢?"石生妹当场就呆了,说:"你是好哺娘,打灯笼难找的好哺娘。"稻穗说:"你为什么下狠手呢?剑指点死穴,你是不让我活啊。"石生妹放声大哭:"我师傅说,点一下,你就听话了啊。"稻穗轻声说:"莫哭,莫哭,莫惊老人细鬼。哎,我可怜的观音妹子哟。"

次日一大早,稻穗做了一大碗蛋花米粥,端给婆婆。婆婆吃着,说:"鸡蛋哎,葱花呐,香,香。不过年,不过节的,吃吃吃,金山银山都吃光光哟……"稻穗说:"娘啊,往后想吃,就叫石生做啊。"婆婆怔了一下,抖抖索索摸着稻穗,说:"穗穗啊,你要去哪儿呀?"稻穗笑了:"娘,我哪儿都不去。"

稻穗把观音妹抱在坐篮里,开始洗衣服,一边洗,一边和儿子逗笑,或者,望着他发一会儿呆。日头移向中天,农家庭院里,挂满了一竹竿一竹竿滴滴答答的洗晒衣物。

正午时分,稻穗提着木棒出现在村尾老八妹家。教打师傅是一位威猛的粤东拳师,此时正为众徒弟示范"关刀十八斩"。稻穗问:"谁是教打师傅?"拳师说:"我就是,有何贵干?"稻穗说:"你好功夫,还会教徒弟打老婆啊?"拳师立马恼怒了:"废话!看刀!"一刀劈来,稻穗闪开,一棍打在刀背上,反手一弹,正中鼻梁。拳师当即委顿坐在地上,鼻血直流。稻穗说:"你辱没了李家教门风!"说完,头也不回,走了。

粤东拳师当即收拾家伙什,孤零零地回粤东去了。

村里人问"神针伯公"缘由。伯公伸出了三根指头,说,三日,只还有三日,神仙也难救喽。师出同门,何苦呢?何苦啊。

七 妹

七妹这个名字,好像有些神秘。这两个字,只要您在唇齿间轻轻吐出,就立即有了青山绿水开阔田野的种种意象和灵气。"七—妹""七—妹"我叨念着,我总想写出关于七妹的乡间故事。

那时,七妹是我们枫岭寨特别勤快的小姑娘。天刚蒙蒙亮,她就生火做饭了,顺便往村口老古井挑水。吃过早饭,她又扛着锄头下地干活了。天黑回家,她还要挑回两大绑柴草。夜晚,七妹还是闲不住,她往往要"炊猪食"。她把白天从溪流边采摘来的野菜剁碎,放在铁锅里"炊"烂,放在水缸里备用。

乡间的日子,虽然清苦了些,却也有一些轻松时刻。秋收过后,稻田浸水,这就是"水浸冬"了。好些空余的稻田,种上了一种叫紫云英的植物,姹紫嫣红。

村里的老人们爱在村头村尾晒太阳。这一天,七妹也空闲

了,口袋里装满了炒南瓜子,见老人,叔公叔婆的,叫得很甜,请他们吃零食。他们就笑笑,啃不动喽,牙齿都快掉光了嘛。又有老人说,这个七妹子啊,人靓,会做,懂事,不知哪家后生子有福气哟。七妹羞红了脸,走开,把满袋的炒南瓜子散发给了一群顽童。有些顽童来迟了,就跟在七妹的背后,高声喊道:

七妹子,炒瓜子。

又会做,有懂事。

给你找个后生子。

七妹听到顽童们的阴阳怪调,咯咯直笑,笑弯了腰。

我们应该承认,这群顽童真是天才。历史上很多具有前瞻性预示性的童谣,就是他们随口创作的。说了老半天,我想告诉你们,我就是那群顽童中的一员。按辈分,我应该叫七妹为七姑。

七妹在我们的枫岭寨,绝不可能找到爱情的归宿。"同族不婚"是我们中原南迁家族客家人铁的规矩。杉树生是七妹远房族叔,其实也就是比七妹大三、二岁,是一个"扎实扎做"的后生。他和七妹投缘,谈得来。那年发大水,溪流漫过了桥面,七妹舍不得柴草,又不敢过桥。杉树生二话不说,帮她把柴草挑了过去。七妹记在心上,"上岭割烧"时采回野果子,总是要为杉树生留上一把。

七妹长大了,如山间翠竹,亭亭玉立。媒人踏破了门槛。纳采,问名,纳吉,纳征,请期,亲迎,七妹嫁了。出嫁的那天,七妹在好命婆婆的搀扶下,哭哭啼啼,上了一辆手扶拖拉机。她的父母亲,我的叔公叔婆,把一盆清水泼出,猛然关上了家门。

那时,杉树生到深圳打工去了。谁也不知道他是什么心情。

一年以后,大年初三,七妹回娘家了。"左手一只鸡,右手一只鸭,身上还背着个胖娃娃。"这情景,和歌词上唱的完全一致。

后来,七妹就遇上了麻烦,她出事了。

枫岭寨半铺路外,有个大墟场,逢三、七日一墟,四乡八邻人群络绎于途,谓之"赴墟"。七妹路过墟场,立即被一阵时紧时慢的当当锣声粘住了双脚。

福建作家练建安在其刊载于《客家大文化》杂志的《客家武林掌故之牵牛入坛》一文中叙述了当时的情形,兹引述如下:

话说某圩天,一把戏师在福建武平象洞开锣做把戏,高超的功夫引来里三层外三层密密麻麻的观众。把戏师见时机已到,使出绝招压轴,令徒弟牵来一头大水牛牯,声称可以装入场中的小陶坛里。懂行者说这是掩眼法,不懂行的睁亮眼睛,要探个虚实。把戏师施展功夫,果然,把那只活蹦乱跳的大水牛牵入坛中,出出入入,真个是潇洒自如!场中看客眼见为实,齐声喝彩,纷纷扔出铜板。不料,一背负婴孩的客家少妇多嘴多舌,大叫:"是假的!假的!牛从左边去了呢。"把戏师一听,不愠不怒,笑道:"阿妹,你个佃人仔头不见了。"少妇扭头一看,哎呀,真个不见了。少妇大哭。把戏师又道:"阿妹,同你开只玩笑哩,你再瞧瞧。"少妇再看,细人仔睡得正香甜呐,于是破涕为笑。把戏师说:"阿妹啊,把戏是假的,功夫是真的哟。台上一刻钟,台下十年功呢。走江湖混一碗砂子饭吃难呐。大家爱看热闹,做么个(为什么)扫大家兴呢?"

文中"墟天"即"圩天",在闽粤赣边客家地区通用。"把戏师"即江湖中人,多有真功夫。所谓的"掩眼法"类似于魔术之一种。魔术神奇,前些年,美国魔术大师大卫·科波菲尔在众目睽睽之下让自由女神像凭空消失了,谜底至今未解。上文中的"少妇"轻而易举地点出了"把戏师"的秘密,人家怎么不恼怒呢?于是,不怎么友好地和这位客家少妇开了个玩笑。

列位看官,您一定猜到了,那位客家少妇就是七妹。没错,正是她。或许您又要说了,不是说七妹出事了吗?虚惊一场罢了。笔者要这么给您解释,麻烦就出在后遗症上,心理后遗症。

七妹回娘家,家人见女儿"带子上门",着实高兴了一阵子,说说笑笑,闹热喜庆,不在话下。深夜,俺族叔公家闺房突然传来一声恐怖的尖叫,惊动四邻。七妹发现,她的孩子的小脑袋不见了!可是,围聚过来的亲友就笑了,这孩子不是好好的吗?滴溜溜地双眼还望着母亲笑呢。可是,任凭你怎么劝说,七妹就是疑神疑鬼,担心她的宝贝儿子的脑袋突然就不见了。久而久之,七妹傻了。准确地说,半傻半疯了。她糊涂时就溜出家门去,四处游荡,逢人就说:"孩子,孩子的头,不见了!不见了啊!"

一年后的大年初三日,那群把戏班子照例来到了象洞墟场,他们的表演照例很成功,给他们带来了丰厚的报酬。天色未晚,他们收拾家伙什,走在转向西边岩前镇的山路上。行到石卵砦,转弯处,奔闯出一条精壮汉子,尖刀直刺把戏师胸口,把戏师长矛反手斜刺,贯穿对方腹背。

把戏师说:"我与你……素不相识,往日……无冤,近日……无仇,你……这,这……是干什么?"

汉子盯着把戏师说:"孩子,孩子的头,不见了!"

把戏师长叹一声:"一直……都在啊,你,你为什么……为什么……不早说。"

大木桶

雨下得很大很大,这是一种乡间叫竹篙雨的,瓢泼而来,打得山间茶亭瓦片嘭嘭作响。

山猴师傅解下酒葫芦,美美地咂了一口,穿堂风吹来,他打了个哆嗦。他觉得有些饿了,移来堆放在茶亭角落的枯枝干柴,架起了小铁锅,生火煮饭。

茶亭是闽粤赣边客家地区常见的山间公益建筑,形制类似廊屋。

山猴师傅今天心情比较好,这个墟天,他在杭川墟做猴戏卖膏药,小赚了一笔。他抬眼看了看迷迷茫茫的重重山峦,嘟囔了一句什么。

铁锅咕噜咕噜叫了,大米稀饭的清香飘溢出来,又被穿堂风卷跑了。

山猴吱吱叫着,一阵劲风刮入,进来一位担夫,他的担子是两只大木桶,一只木桶是寻常的三四倍,油光闪亮的。

担夫轻轻放下大木桶担子,脱下淋湿的布褂擦头,大笑,我说有大雨吧,他们还不信,哼哼!

山猴师傅问道,兄弟您是?

担夫用扁担敲敲身边的大木桶说,挑担的,大家叫我大木桶。

哦,大木桶兄弟。

您老是？哦，做猴戏的，听说那梅州有个山猴师傅，跌打损伤膏药实实在在，一贴灵呐。

鄙人就是那个山猴，您看，我这不是有只山猴吗？

哈哈哈，香啊，米汤给一口吗？

行哪，行呐。

大木桶就着一大碗大米稀饭，把随身带来的一叠大面饼吃了。吃完，说，您这山猴师傅，要米汤给米粥了，行呐，有麻烦事就来找我，千家村的大木桶。

雨停了。大木桶挑起担子，走出了茶亭。

山猴师傅看着大木桶一会儿工夫就转过了山脚，喃喃自语，两大桶满满当当的茶油呢，他咋像是不花力气呢。

山猴师傅离开那茶亭后，有两三年没有再见过大木桶了。这几年，山猴师傅行走江湖，也常听闻大木桶的奇闻轶事，一次在客栈听说，大木桶与人打赌，一口气吃下了一斗糍粑，接着，挑着一大担茶油噔噔噔上了十二排岭。

这一日是墟天，山猴师傅来到了闽西狮子岩。狮子岩在闽西粤东北交界处，山间小盆地间，一马平川，忽见一山突兀，形似雄狮。这就是狮子岩了。这里是仙佛圣地，香火旺，周边村落密集。

山猴师傅在狮子岩的一处空地，挂起了招牌，不等敲响三遍铜锣，就有一些散客围聚了过来。山猴师傅打足精神，拱手道："旗子挂在北门口，招得五湖四海朋友来哟。我这把戏啊，是假的，膏药啊，是真的。您哪，有钱捧个钱场；无钱呢，捧个人情场。我山猴都是感恩戴德没齿不忘。下面，我请我的徒弟，给大家表演一个猴哥上树。"

场地中间，立着一竹篙，竹篙顶，有一把青菜。

忽听人群间传来一阵骚动声、窃笑声，但见山猴从一位乡绅模样者手中夺过一把香蕉,三跳两跳,吱溜上了竹篙,抓耳挠腮的,麻利地剥吃了,扔下了一片又一片香蕉皮。

人群中,爆发出一阵哄笑。

乡绅就走了过来,轻轻地拍了拍山猴师傅的肩膀,说,我说这位师傅啊,您说怎么办呢?

山猴师傅说,这死猴子,该死,该死,我赔我赔,仁兄见谅见谅。

乡绅笑了,赔不起啊,赔不起啊。

山猴师傅苦笑,不就是香蕉吗,天宝香蕉也不贵啊。

乡绅还是笑眯眯的,是啊是啊,香蕉是值不了几个铜板的。可是啊,我这老病根,怕是治不了喽,过了赛华佗定的时辰喽。到时辰要吃香蕉治病的。师傅啊,您说怎么办呢?

山猴师傅冷汗淋漓了,支支吾吾的,呆立当场。

乡绅身后,是跟着几个壮汉的。其中一个灰衣人叫道,吃啥补啥,把那猴子逮来吃喽!

说到猴子,山猴师傅一下子清醒了,慌忙叫道,不成,不成啊,有话好商量,好商量啊。灰衣人懒得搭理他,走近竹篙,回头看了一眼乡绅。乡绅只是闭着眼睛,手动佛珠,叫声佛号,阿弥陀佛。

人们还没有看清灰衣人怎样劈手的,竹篙就齐斩斩地断了,竹篙倒,山猴就抓在灰衣人手上了。

山猴可是耍猴人的命根子啊。山猴师傅提着铜锣,走近灰衣人,说,放下猴子。灰衣人笑了笑。山猴师傅说,放下吧。灰衣人还是笑。山猴师傅说,放下!这次,灰衣人没有笑出来,因为山猴师傅的铜锣柄如闪电一般碰了他的左肩一下,山猴就蹲在山猴师傅的肩膀上了。灰衣人的额角上却滚出了豆大的汗珠。

这时，乡绅说话了，失敬失敬，蔡李佛拳啊。强龙压人啊。老师傅啊，明日午时三刻，钧庆寺，一决高下吧。说完，转身走了。

乡绅说的"一决高下"，其实就是江湖社会的"生死决斗"。山猴师傅呆立片刻，再也无心卖什么膏药了，收拾摊子走人。

山猴师傅回到客栈。店主把他拉到一边，悄悄说，你的麻烦事一下子传开了，你来做把戏，怎么就忘了拜码头呢？还是溜了吧，往日，有多少好汉坏在他手底下啊。你打不过他的。他是谁啊，曾大善人啊，也有人叫他，叫他，笑面虎的。山猴师傅说，昨晚喝多了，你这米酒后劲大，误了拜码头了嘛。我不溜，能溜到什么地方去呢？店主欲言又止，呵呵呵，那个，那个什么。山猴师傅明白了，从贴身内袋掏出一个小包裹，层层打开，有一根葱条金。山猴师傅说，这是住店钱。店主说，找不开啊。山猴师傅说，你帮我搭个口信，就全归你了。店主问，谁呢？山猴师傅说，千家村的大木桶，就说那耍猴的，有难了。店主把金条揣入怀里，说，我自个儿去，人到话到。

钧庆寺是千年古寺，在狮子岩下，雕梁画栋，花木扶疏，是清静之地。奇的是，闽粤赣边的武林决斗，多选择此地。

决斗台上，那位乡绅，也就是曾大善人、笑面虎，身边坐了一排人物，几个灰衣人屹立不动。乡绅大概是说了一个什么笑话，大家都笑了起来。这一边，坐着山猴师傅和几个梅州老乡，这几个老乡是来此地开店铺的，碍于乡土情面，来做个见证人。他们很是紧张，阳光不大，却不停地擦汗。台下，早已经是里外三层的人头了，一些小商贩来回游动，却不敢高声叫卖。

太阳高高地挂在天上，慢慢地向正中移近。几个梅州老乡不时地抬头看看天，又看看大门口，再看看山猴师傅。山猴师傅好像什么事都没有。

午时到,三通鼓响。钧庆寺一下子安静了。乡绅持青龙偃月刀、山猴师傅持木棍各自上前,分立两边。此时,走出一位道貌岸然的主事,朗声宣读了双方生死文契。主事指着台上日晷说,还差二刻开打,你们还有什么话要说呢?乡绅哈哈一笑,说,没有什么话。山猴师傅说,我在等一个人。主事问,他愿意替你决生死?山猴师傅说,能来,他就不会死。主事说,好吧。

时间过得很快,也好像很慢。就在主事要敲响开打锣声的关头,门外传来了躁动之声,但见一位担夫挑着大木桶荡开众人,直奔决斗台。

这担夫就是大木桶。他将大木桶放下,抽出扁担,拈在手上,说,耍猴的,你退下!

主事一看,笑了,大木桶啊,就是你来替换?

大木桶说,唉,三伯公啊,茂盛油店差点误事了,挑油卖了,这就赶来会会曾大善人。

主事说,大木桶,你可知道规矩?刀枪无情啊。

大木桶哈哈大笑,决生死嘛。

主事无话可说,退下。

一声锣响,双方器械撞击,咔嚓只一回合,各自跳出了圈外。

乡绅说,停一下,大木桶啊,我问你话,你不是练家子,就是力气大些,打下去,没你便宜。你这是何苦呢?

大木桶说,我答应过耍猴的,有麻烦事就来找我。

乡绅说,大木桶,我们乡里乡亲的,我知道你和耍猴的非亲非故的,为什么?

大木桶说,要打就打嘛,哪有这么啰嗦,就是为那一句话嘛!

乡绅静静地站在台上,看着大木桶,突然笑了,说,不打了,你不是练家子嘛,我怎么可以跟你打呢?走!耍猴的,走!走!走!

大家都走!

乡绅缓缓地走下决斗台。台下嘘声四起。

乡绅站立,杀气满场,众人纷纷退开。乡绅挥刀,只一刀,将木柱一劈两半。惊讶声中,乡绅连青龙偃月刀也没有拿,孤零零地,拂袖而去。

第五辑 汀江谣

「天下水皆东,唯汀独南。」八百里汀江蜿蜒飘过闽粤大地,其间诸多风物掌故,似迷雾幻影,神秘莫测。沿江行走多日,采风及感悟得传奇若干,辑为《汀水谣》《鄞江谣》《迷云》《风水诀》。此为续集,一脉相承,追溯久远往事。题为:汀江谣。

白石村

谁能想到，我们站立的地方，曾经有几千棵参天大树呢？如果时光重叠，我们大概隐藏在巨型松枫的腰身。

我和文清、唐蓝此刻位于谢公楼上，眺望"十万人家溪两岸"的璀璨灯光，江风吹拂着我们苍老或还算年轻的脸颊。连续多日，我们沿汀江两岸行走，来到了这里。

第一位从历史图像浮现的，是大唐丞相张九龄。他年轻未达时，为寻唔胞弟，曾客寓汀州，留下了《题谢公楼》。这一诗篇，后来被白居易《问刘十九》演绎成"绿蚁新醅酒，红泥小火炉，晚来天欲雪，能饮一杯无？"

一个寒冷的傍晚，诗人向好友发出了真诚的邀请。这亲切而温暖的呼唤，成就了千年之后的一座高楼。

唐开元二十四年，置汀州，领县三，长汀、黄连、新罗。"谁见汀州上，相思愁白草？"文清说，从一开始，汀州就染上了浓浓的美丽的哀愁。

方志记载："初治新罗，后迁旧县，再迁东坊口。"

东坊口多瘴疠，汀州治所将再次搬迁。下令者，是汀州刺史陈剑，时为唐大历四年。

选定的新址在卧龙山南、汀江之右的白石村。

白石村四周，浓荫巨木高耸入云。《临汀汇考》写道："天远地荒，又多妖怪，獉狉如是，几非人所居。"

"妖怪"说,言过其实。此处背山面水,场面阔大,远山逶迤逐级抬升,端的是上乘宝地。白石村大树千余株,"其树皆枫松,大径二三丈,高者三百尺,山都所居。"刺史数次派出使者商议,汀州广袤,可随意择地。回答是:不迁。

使者为中州移民,地方耆老。他说:"初出城郊,雨中田畴多是蓑衣斗笠。昨日无功而返,看到的是稻穗金黄。可以开镰啦。"

刺史听出弦外之音,不能再等了。

汀州府发出最后通牒:限三日,逾期,大军进剿。

陈剑上任之后,主仆两人微服上溯汀江考察山川形势,途中遇大雨,成了落汤鸡。转过山脚,便见到密密匝匝的松枫大树,遮天蔽日。

暴雨如注,林地苦寒,树顶忽有绳梯溜将下来,有人向他们招手。他们将信将疑,便沿绳梯爬上树冠。树冠别有洞天,是一间鸟巢似的木房,厚实,防风防雨。一位头发雪白的矮小老人端出了美酒和干果。此酒清香飘溢,后来方知以松子壳文火煨熟米酒,叫松花酒。

老人说,神仙煮白石为粮,此地号白石村。上祖为秦始皇建阿房宫伐木深林,后天下大乱,遂隐居不出。刺史说,当今大唐天子圣明,老丈何妨移居? 老人说,生于斯长于斯,迁往何方? 刺史笑笑,畅饮,不觉大醉。

睡醒,已是日出时分。老人不见了,美酒干果一应俱全。高居树冠外望,阳光下的林海,莽莽苍苍,连绵伸展到蜿蜒汀江。远处,青山叠叠,气象非凡。

大树下仰视,"鸟巢"隐没。刺史拱手,朗声道:"谢山友惠赐美酒,他日有缘,必不相负。"大森林回荡着他的诺言。

陈刺史主政汀州,剿山寇,招流民,奖耕种,兴文教,境内大

治。

期限到,府兵开往白石村。

统兵校尉姓周,系刺史得力臂膀,上月进剿潭飞潦之役,出力甚多,尤善射,三箭夺占险隘。

周校尉挥动五百劲卒,持陌刀,背负硝石硫黄火油,南向逼近白石村。闽西夏季,吹南风。

正午时分,鼓声为令,火攻破敌。

"禀报大人,卑职有话。"

"讲来!"

周校尉献计以法术驱敌。获准。

用红绳子捆绑大树之后,周校尉披头散发,足踏罡步旋转,念念有词。作法毕,这棵大树就被砍倒了。

腾出的空地上,架起了大铁锅。周校尉演示了硝石硫黄火油各种威力,烈焰熊熊,浓烟直冲天际。

沙沙声响起,一群群小矮人在丛林树梢跳荡飞奔,片刻杳无踪影。

《太平寰宇记》卷一〇二《江南东道十四?汀州》引《牛肃纪闻》资料说:"当伐木时,有术者周元太能伏诸都,禹步为厉术,则从左后赤索围而伐之。树既卧仆,剖其中,三都不化,则执而投入镬中煮焉。"

唐蓝看出了其中奥妙,寓言,神秘化,象征意义。

茂密的巨型松枫轰然倒地,新的州府城池建造了起来。此后,没有再挪动,一直到二十一世纪的今天。

当天晚上,周校尉做了一个梦,迷蒙中,白发老人飘然而至,朝他作揖。醒来,江声满耳,月色遍地。

周校尉正是那位仆人。那天,避雨"鸟巢",他们喝松花酒驱寒。刺史在上,轮不到校尉说话。他埋头喝酒,白发老人笑眯眯地一次次为他添酒。周校尉从老人的笑容中看到了善良和真诚。

谢公楼下来,我们在汀州城的三元阁走过。这里有一位修配锁匙者。人流熙熙攘攘,生意却是清淡。写有"电脑修配锁匙"字样的塑料板,沾满了灰尘。

有当地人轻声说,你说他是谁呀?他就是陈剑刺史的嫡传裔孙。

枫树崟

您或许也有过这样的体验,一个月夜,您驱车在高速公路上奔驰,山川原野在月色下朦朦胧胧,如梦如幻。

此刻,我在闽赣高速公路的一个休息区,遥望那若有若无的山脊线,山上荫翳的原始森林不见了。我的心中有许多感慨,我想起了天地一瞬,人生如梦。是的,我想起了传说中的山都木客。

古书记载,闽赣边的枫松大树上,生活着一群山都木客,他们是一群小巧玲珑的人,"闻其声不见其人",他们能歌善舞、豪放善饮。曾经有人在险峻的山崖听到过木客的歌唱,"酒尽君莫沽,壶倾我当发。城市多嚣尘,还山弄明月。"歌声美妙动听,隐隐的还有些忧伤,缥渺远去。

山都木客的消失,在历史上是一个悬案,人言人殊。

山都木客有记载的最后一次现身,是在一个汀江集镇的圩场上。目击者说,闪入人群不见了踪影。

记载者为练宝昌，邑廪生，曾为武邑知县幕僚，掌书案。新修族谱时，我在未刊稿《耕读斋剩笔》看到这一记载。

故里相传，武邑唐知县未发迹时，系江湖郎中，一日行走山路，在枫树崟救助了一位金毛披肩猴形低矮的折臂哑巴。哑巴频频回首，嗷嗷入林。

一溪远汇三溪水，千嶂深围四面城。此为闽赣边汀州。

入城，行至水东门，唐郎中走进河田米粉铺，要来一大碗，搭配一碟五香干，埋头呼呼大吃。临桌有位老者，瞄了瞄唐郎中的虎撑子。这物件是郎中行走江湖的白铜摇铃，有些年头了。老者好似自言自语："知府高堂欠安，针药无效，杏林岂无人乎？"唐郎中抬头，老者已经走出了铺子。

夜晚大雨。临江客栈屋檐，水滴似断珠，嗒嗒作响。唐郎中酒碗在手，注目一只飞蛾环绕灯光旋转，自叹读书落魄，算命医药。忽闻瓦屋顶上有异常动静，刚起身，倏忽有块物件掉落在桌案上。推窗，但见空阔江面，烟雨茫茫。返回，挑亮油灯，此物竹叶重重包裹，打开细看，竟是一柄黑青灵芝。

此乃神品，极罕见。《神农本草经》云："久食，轻身不老，延年神仙。"

唐郎中毛遂自荐，治愈了知府高堂的怪疾。论功行赏，唐郎中啥也不要。恰逢知府统兵荡平悬绳峰山寇，遂以讨贼先锋冒名保荐，朝廷叙功任命唐文福为武邑知县。

福建巡抚听闻灵芝神效，指名向汀州知府索要。汀州知府限令唐知县克期上缴。

上哪儿去找呢？唐知县明白，他救助的哑巴，正是传说中形影神秘的山都木客。无奈，他再次来到了枫树崟，摆好三坛美酒，栖身茶亭。幕僚宝昌随从。俺太叔公文武兼修，系南少林高手。武邑县志有载。不赘。

一夜无事,唐知县蜷缩在大棉袄里,迷迷糊糊竟睡着了。

太阳出来了,唐知县惊喜地发现,一柄黑青灵芝含露横卧在酒坛上。美酒原封不动。

如此这般,再三再四,灵芝总是神秘出现,只是越来越小了。

巡抚大人吹风说,近闻有冒名邀功者混迹要津,一经查实,必当严惩不贷。

好不容易才搞到一官半职,上了族谱,祠堂前还立了石桅杆,当官还真的当上了瘾。革职查办,岂非凤凰落毛不如鸡?唐知县很苦恼,就从"百味居"叫来几盘下酒菜,邀请宝昌陪同。喝者喝着,他就哭了。宝昌公能说什么呢?

八月廿二日,秋分。宜祭祀、结网、畋猎;忌开市、祈福、破土、造船。

唐知县又来到了枫树釜,带着"老三坛"。这次是冬至"酿对烧",此物清冽香醇,滴酒挂碗。与以往不同的是,他还暗中布置了三十六名弓兵、捕快,统由"铁手神捕"带队,就近埋伏。

唐知县和幕僚宝昌走进了茶亭。他们颇为风雅,燃起松树明子,悠闲对弈。落子叮咚。他们留意着每一阵山风吹过。

唐知县接连出错,在屋内走了几个来回,又坐下。

"会来吗?"

"会来的。"

大半个夜晚,他们只有这两句简短的对话。

月影下,石坎上,静静地立着三口酒坛。

下弦月钻入云层。黑影闪过。

啪嗒,大网从天而降;哗啦啦,酒坛破碎。

唐知县跳将起来,顺手扯过松树明子,疾步赶到大网前。矮

小山都浑身裹成了粽子,徒劳挣扎着,嘴含一柄小小的灵芝。他流下了眼泪。

唐知县也流泪了。

这滴眼泪,救了自己,也救了大伙的性命。

忽听林间沙沙有声,人影闪动。大事不好!唐知县念头甫转,就感觉到有硬物撞击胸口,昏黑倒地。

当他醒来时,已是次日天明。唐知县及其弓兵、捕快连同幕僚宝昌,皆为飞物所伤,片刻失去知觉。

山都,消失了。同时消失的,还有"铁手神捕"。

唐知县没有在官场上继续待下去,"挂印封金"而去。幕僚宝昌随之退隐,在汀江流域象洞乡一个偏僻的山村亦耕亦读。

转眼到了清宣统年间,俺宝昌太叔公由玉树临风之年步入古稀。某日,他来到一山之隔的上杭中都镇墟场。年老嘴馋,他很想吃吃这里现做的热气腾腾的正宗"邱记鱼粄"。他在熙熙攘攘的人流中踽踽独行。这时,他看到了一个熟悉的身影。几十年了,似乎没有任何改变。他努力往前挤,想打声招呼,说声抱歉。可是,那身影一闪而没。

太叔公郑重地记下了这一奇遇。《耕读斋剩笔》此刻就在我的手边。连城玉扣纸,大十六开本,一百七十六页,馆阁体楷书,每页八行,每行十九字,纸色泛黄。

飞 虎

傍晚,梁老表通常要挑着鱼丸担子走过黄草冈。

那黄草冈介于武邑城南和松树崟之间,疯长了蓬蓬勃勃的猫毛草,朝晖夕照下,流动着金黄的波浪。

这日向晚,梁老表脚跟轻快,一步三摇。他今天卖出了二百碗鱼丸,精光滑净。一三得三,二三得六,整六百文铜板装入褡裢里,当当响。他很想唱一首山歌。

夕阳下山了,暮色四合。梁老表取出火镰打火,点亮了担子一头的红灯笼。红灯笼是摆夜滩用的,上书"梁记客家鱼丸",红光中特别醒目。

梁老表摸摸褡裢,暗自感叹,老啦,孙子都养鸭牧牛啦,门牙缺了几颗,漏风,气口不顺溜,幸好,嗓门袅袅嫩嫩的,好像没有多大变化。他想起了年轻时和陌生女子对唱山歌的情形,唱着唱着,动情了,越走越近,面对面了,都收了声,相视一笑,一同钻了密林草窝。

于是,梁老表扯开了嗓门,唱道:

高山岽上哎一枝梅呀,爱唱山歌哎两人来也。

唱到鸡毛哎沉落水哟,唱到石子哎浮起来也。

感觉挺不错的,他正要发力以"噢嘿"拖腔煞尾,却是呆了。

一只大老虎挡在路上。

赣闽粤边重冈复岭,多有虎患。近日传闻,赵屋寨两个顽童在

寨门口被老虎吃掉了；昨夜，一只大老虎闯入七里滩，叼走了一只小肥猪。村民鸣锣击鼓持刀铳围攻，大老虎扔下猎物，飞过寨墙。

乡人说，遇见老虎，有树爬树，高高的。无树，就将随身雨伞一张一合，老虎见此庞然大物，必定惊恐奔逃。此地空旷，身边哪有雨伞？梁老表清醒过来，颤抖着抓过红灯笼，要吹灭了它，他紧张极了，吹了几次，灯光闪了闪，更明亮了。

嗷呜，大老虎蹒跚而来。

哇呀！梁老表转身要逃，双脚打滑，摔到了。红灯笼抛出，恰好挂在担子上。

绝望中，他抓起了身边的小石块。这时，他听到了大老虎的呜咽，似在乞求什么。细看，此虎吊睛白额，蹲伏，摇动右掌。一棵长长的荆棘刺入它的右掌心，红肿流脓。

梁老表明白了，这畜生向他求助。帮不帮？反正跑不了啦，帮吧。

他小心翼翼地将荆棘拔出，又从担子里取来剩余的姜丝葱蒜，撕下一块布，包裹好。白额虎摇晃尾巴，隐没草丛。

梁老俵长长地舒了一口气，挑起担子跌跌撞撞地回家去了。

他再也不敢走黄草冈这条路了，上县城卖鱼丸，他宁愿弯二铺路，过七里滩，走东门。

几个月后，就听闻邻县杭川县令为民除害，在回龙滩猎杀了三只大老虎。有人赴杭川墟，亲眼看到了狩猎壮士戴红花大游街，壮丁们果真是扛着三只大老虎，小水牛一样大小。

虎踪绝迹了。

梁老表又走老路了。这一天，生意清淡。销完鱼丸，晚了许多，过黄草冈时，梁老表点亮了红灯笼。

起风了，一声呼啸，白额虎扑了过来，放下一只黄猄，目光温润地望着梁老表,绕红灯笼转了一圈,缓缓而去。

客家俗谚说,黄猄鹿肉鹧鸪汤,是为天下美味。梁老表靠这只黄猄,发了一笔小财。

此后,只要梁老表点亮红灯笼走上黄草冈,白额虎总是依时现身,总有野物献上。

梁记客家鱼丸,有讲究。新鲜鱼,新鲜水。梁老表一大早到井台提水时,滑了一跤,折断了腿。

伤筋动骨一百天,何况是年近古稀的老人呢。屈指算来,梁老表已经有八九十天没有上街卖鱼丸了。

那只白额虎,一直等着他。

八月中秋夜。

太平无事,风调雨顺。武邑唐知县下令在城门楼上高挂一排红灯笼,增添节日氛围。

圆月西移,秋草露冷。白额虎矫健地跃动身姿,疾驰向武邑县城。

白额虎飞过城墙。

夜深人静。白额虎在街市上东张西望,溜溜达达。

更夫发现了它。他躲了起来,飞报县衙。唐知县急调弓兵百名,爬上屋顶,张弓搭箭,悄悄地逼近白额虎。

忽听一声梆子响,箭似飞蝗攒射。

白额虎长啸,蹦跳倒地。它扭头无力地望着城头的那串红灯笼。红灯笼迷迷蒙蒙,越来越模糊,越来越遥远。

唐知县检视战果。他惊讶地发现,这只血泊中的白额虎,紧闭的双眼之外,挂着两行清泪。

(《武邑县志》载:"康熙八年,中秋夜,虎从城南逾垣而入。知县募勇士射殪之。")

彩虹桥

六月天,赣闽粤边的田畴山坑稻谷黄灿灿的,煞是喜人。过些日子,就要开镰了,就可以尝新禾了。

午后,日头还是热辣辣的。汀江七里滩西山嶂一带起了重重雾气,发散向上。有经验的老农低声嘀咕了几句,突然蹦跳起来,大呼大叫,赶紧将洗晒的衣物与山货收归里屋。全村顿时忙忙碌碌,鸡飞狗跳的。

"春雾晴,夏雾雨,秋雾蒙蒙炙死鬼。"当地客家谚语极为神验,也就是说,快要落大雨了。

个把时辰后,大风从江面吹来,一阵紧似一阵,雨滴三点两点,片刻,成了急雨,敲打瓦屋,接着,竹篙雨密集而狂放的雨柱瓢泼而来,不停不歇,足足有一炷香的工夫。

小圳小溪满了,卷着些枯枝败叶,哗哗涌向汀江。七里滩暴涨,江水黄浊,浩浩荡荡南流。

雨停了,红日高照,空气格外清新,远山有云气往来。农人三三两两走出屋家,走向田塅,正心疼到嘴的谷子掉落泥地,有人惊呼:"天弓!"

但见一道拱曲形的彩带飞跨汀河两岸,五颜六色,美轮美奂。这天弓也叫彩虹桥。乡间传说,运气好的人,可以看到七仙女飘飘过桥。

他们果然看到了一群女子,从白云庵方向来,手拉着手,走向七里滩长桥。

谁家女子呢？这么清闲。

她们伫立长桥，面向彩虹，很神往似的，一个接一个跳将下去。

"哎呀！"农人们惊叫着，拔腿狂奔江边救人。

水打三丈，不见踪脚。这样的大水，哪里还有她们的影子呢？啧啧叹息过后，农人们就辗转打听这些人的情况。

消息很快传回，她们是到白云庵祈福还愿的香客。邻县临川人氏。

守土有责。七里滩地界上的事，里正不敢怠慢，立马上报武邑知县。

知县姓唐，广东大埔人氏，为诸生时，曾沿韩江汀江游学，流连七里滩多日，临别题诗，其中一句是："七里滩头风物好，西山嶂前白云飞。"

唐知县接报，当即升堂，发下令牌。快班捕头老潘即刻率精干捕快出发，马不停蹄，将白云庵女尼擒获归案。

白云庵是个小庵，师徒两人，平日里香火不旺，靠山下庵田数亩租赁维持。住持法号妙玉，打坐诵经之余，爱好侍弄花草，是以小庵虽简，却花木扶疏，颇为清雅。

"威……武。"

县衙大堂，左右衙役以水火棍击地，嗒嗒响。

妙玉被押解过堂。

"啪嗒"惊堂木骤响。

妙玉和唐知县打了一个照面，瞬息愣怔："是你？"

唐知县冷笑，扔下物证。

物证乃是从白云庵起获的七具小布偶，扎满铁针。此为妖邪

咒术,谋财害命。

妙玉难以申辩,只道此事与小徒全无干系。唐知县明镜高悬,当堂开释小尼。

"劫数。"叹息一声,妙玉认罪画押。

案情上报,判斩监候。

如此奇案,传遍汀州八县,成为街谈巷议的热点。

武邑县衙有两捕头,正职老潘,副职老邱。老潘为南少林俗家弟子,打出木人巷后入行"六扇门",擅使开山刀。老邱出身当地耕读人家,习练客家拳,随师傅铁关刀做把戏行走江湖多年,很有名声。他也用刀,一把雁翎刀。为何当了捕快?老邱说,俺就是看不惯奸邪,奸邪不除,俺牙齿痒痒的。

诸位看官,您不用怀疑。追求公平正义,这世界上,确实有这么一种人。

老邱近日很烦闷,那日闯入白云庵搜捕之时,疑点颇多。快班兄弟押解女尼,来到庵堂庭院。老潘指着一棵桂花树,下令里正挖掘,当场起获七具布偶。遭此突变,女尼说不出话来。

你老潘何时神机妙算啦?

老潘拍拍老邱的肩膀悄声说,天机。转身大吼:"封了,任何人等,不得擅入庵堂!"

何谓天机?

老邱请来老潘喝酒,在临江楼。

几大碗酿对烧下去,老潘就喋喋不休了,俺老潘出马,百案百破,汀州赣州嘉应州三州府同行,人人都跷起大拇指,硬硬地说声好,江湖朋友愣是要往俺老潘脸上贴金嘛,挡都挡不住呀……这些话,老潘常说常新,老邱的耳朵都快听出茧子啦。

问及彩虹案,老潘好像真的醉了,东拉西扯的,不知所云。

老潘说着说着,一手搭在老邱肩上,捏了捏,笑道,邱老弟一副好身板,也该找个媳妇啦。

一只绿头苍蝇嗡嗡叫,绕盘碟飞,恶心。

忽见亮光一闪,绿头苍蝇就粘在开山刀上了。老潘顺手扯下墙壁上的一张菜单,慢悠悠地擦拭刀身,扭头吐出一口浓痰。

咔嚓,开山刀入鞘。

老潘说,邱老弟捕人,好像从不出刀。刀不离身,是配好看的吗?

老邱笑笑,大哥神刀,小弟不敢献丑。

这顿酒,喝得尽兴,喝到红日西斜。

次日,老邱向唐知县告假三日,理由是回家看看老娘。唐知县说,准了。百善孝为先。你早去早回,咱武邑三省边界,事多着呐。

老邱快马赶到七里滩,沿江来回踏看,村人的目击口述了无新意。大海捞针,线索全无。

第三日,近未时,骄阳西移。老邱从白云庵走出,沿山间石砌路往江边行走,爬过山坡,口渴难忍。下山,半坡釜上,有一块平地,石壁渗出一泓清泉。此处鲜花盛开,彩蝶纷飞。远望,汀江如飘带,蜿蜒远去。

老邱走近泉边。阳光下有物闪烁,哦,一根银簪。捞起细看,有一圈谈谈的黑印。老邱环视周边,他看到了一丛丛雪白的洋金花。洋金花也叫曼陀罗,晒干磨粉,即为蒙汗药。全株有毒,根茎尤甚。泉水长期流经浸泡洋金花根部,喝了,就会产生幻觉。

倘若银簪正是那群女子之物,那么,彩虹案多半与白云庵无关。

一团黑影映入水池。

老邱抬头，对面上风位置，站立着手持开山刀的老潘。老潘神情冷漠，如同陌路人。

窖　藏

悦来客栈。这样的客栈到处都有不是？这一家，在汀江中游的大沽滩。

八百里汀江南流闽西粤东，出汀州，经武邑，过杭川百十里外，就到了大沽滩，下行不远，是一百年后将被淹没在水底的河头城，河头城之下，石市、茶阳镇之后，是大埔三河坝，汀江、梅江、梅潭河汇聚成了韩江。

大沽滩是杭川中都古镇水陆码头，人货辐辏。悦来的客栈规模最大，二进三十六间客房，楼高三层，青砖黑瓦，临江，风景好，推窗，但见白帆点点，往来穿梭。

客栈老东家是邱泰昌，木纲行商人，发了财，起了"九紫屋"，还从潮州人手里盘下了这家客栈。

老东家泰昌的满女嫁到武邑象洞墟去了，一年后生了"双巴卵"。做过周了，路近，泰昌和大婆带着幼儿鞋帽衣物去做客，归途经山子背，就遇到了一伙持刀蒙面人。危急关头，有壮汉挺身而出，扁担呼呼响，打跑了劫匪。

这人是挑担行长路的，姓练名金旺，早上挑米下广东石寨，无货上行，空肩归，路上就遇到了这档事。

泰昌问金旺一年赚多少银两？金旺就笑了，说挑担的，混碗饱饭就行啦。泰昌问他愿不愿意留在悦来客栈扫地,管吃管住,一年开二十两银子工钱。金旺想了想,就爽快地答应了。

山子背故事,悦来客栈无人知晓。金旺勤快,鸡啼起床,先把客栈门前的一条百十米长的青石板路扫得干干净净。半上昼,客人起床了,再扫院子内的。客栈的力气活,随叫随到。

店小二叫阿宝,是老东家的堂侄儿,是个"人来熟",嘴杂,有事没事的,爱粘金旺。

金旺扫地,很有章法,时快时慢,或左或右,竹扫把在他手上,像是一根鹅毛似的。奇的是,地面坑洼,他扫把一次过,再挑剔的人,也找不出半点拉杂。

通常,金旺扫完地,洗漱,抓几个铜板,就到大碗茶楼去。他的早饭是三个大肉包,一壶茶。老东家说,你一年挣不了几个钱,爱喝茶,就算在俺名下。

早上,金旺又出去了。阿宝摸到大门角落,掂量掂量竹扫把,沉沉的,险些拿不动。摇摇,沙沙响,竹节里灌注了铁砂。阿宝有分寸,不说。

客栈按季发薪水。夜晚,阿宝拎了坛米酒来串门,找金旺喝酒。金旺拿出了一包五香牛肉干。大碗喝酒,喝得差不多了,阿宝凑近金旺说:"哥,俺和您说一事。""你说。""春香楼来了几个新鲜的,嘻嘻。""嘭!"金旺将酒碗往桌上一蹲。"啊,啊,忘了关店门啦。"阿宝溜了。

转眼到了腊月十六,过年气氛浓了。老东家设晚宴,请来众伙计。这就是闽地习俗"尾牙宴"了。酒席上,鸡头正对着账房先生,老东家又将一块鸡腿夹在他的碗里,说是辛苦了。账房先生强颜欢笑。他明白,按规矩,他被解雇了。

次日晨,金旺刚抄起扫把,阿宝就粘了过来,悄声说:"账房

先生，昨夜就走了，说是短了银子。"金旺不搭理，阿宝一脸诡笑："他，他是老板娘的表哥，表哥哦。"金旺盯了他一眼："闲嘴咬鸡笼！"

老板娘是老东家的小妾，在潮州做生意时带回来的，叫银花，大婆说她是"狐狸精"。银花后来生了个带把的，起名文龙，上蒙馆了，平日里就和娘亲住在悦来客栈。

开春的一天，文龙半夜闹肚子痛。银花拍门，金旺二话不说，背起文龙飞奔"悬壶堂"。小华佗问诊施药，文龙当即就不喊痛了。小华佗捻着花白胡子说："银花呀银花，幸亏你这伙计跑得快，迟几步，嘿嘿，就难说啰。"

老东家特地提了一坛全酿酒，送给金旺，说，金旺啊，好，好，俺不会看错人的。

悦来客栈人来人往的，被褥是一天一换。这就雇请了本地张二嫂洗晒打理。张二嫂人高马大，脾气也大，手脚却麻利。只要是晴天，日见她在井台边提水，洗洗涮涮的。一个上午，白净的被褥就挂满了整个庭院。

金旺扫地，一身臭汗的。换下褂子，自家去搓洗。张二嫂搭眼一瞄，装着没有瞧见，一句客气话也没有。

这天上午，阳光暖洋洋的。银花歪在柜台边嗑瓜子，扒拉着算盘，啪啪响。她眼尖，看到金旺端着满木盆衣物往井台边走去。

"金旺，你过来！"

"哎，叫俺？"

"过来。"

"哎。"

银花叫金旺把木盆放下，说，这些活，叫张二嫂干就是了，一个大男人，怎么好意思抢女人的生意呢？金旺脸红耳赤，不好还嘴。

汀江日夜流淌，日子就这么不急不慢地过去了。

金秋九月，客栈庭院的柿树结满了红艳艳的果子，落叶遍地。

昨日，入住了一位赣州客商。他招呼伙计抬入了十二箱重物。客房彻夜亮光，一大早，他们结账走人。

金旺晨起扫地，帮苦力搭了把手。客商咳嗽一声，伙计头目就推开了他。这个早上，金旺手脚慢了些，扫好地，差点错过了大碗茶楼的头笼包子。

夜晚，阿宝老辗转难眠，就起床摸到金旺的房门，轻敲，低叫，无人应答。竖耳听，没有动静，往日的如雷鼾声呢？阿宝蹑手蹑脚缩了回去。

一夜无话。

第二天，整个古镇都沸腾了。说是那个赣州客商不是客商，是当大官的，致仕回家，带了十二箱金银珠宝，一路小心翼翼，日宿夜行。不料，昨夜船过七里滩时，被打劫啦。汀州府捕快，全体出动搜捕。

洗漱毕，金旺请阿宝一同去大碗茶楼。阿宝很兴奋，一路上连蹦带跳、喋喋不休的。

大碗茶楼颇热闹。一壶茶二碟六个大肉包端上来了。阿宝举筷，左肩被拍了一下。抬头，就看见一个大汉，刀疤脸。他说，借一步说话。

阿宝随刀疤脸坐到另桌去了。

"这位小兄弟，寨背人么？"

"是的。"

"老父篾匠，老娘做媒婆。"

"是啊,咋啦?"

"家有小妹,送张家寨做童养媳啦?"

"咋啦?"

"没啥,随便聊聊。"

说完,刀疤脸也叫来一壶茶、三个大肉包子,不再理睬阿宝了。

阿宝嘟嘟囔囔回到金旺桌边。金旺头也不回,筷子指向大肉包子,说,趁热,趁热吃。

三天后,金旺来"九崇屋"找老东家,说是想回老家了,要辞职。老东家说,回家,随时都行。敝号有啥事对不住你的吗?说说。没有,哦,工钱好商量哪。话说到这里,金旺就不好再说什么了。

转眼到了重阳,当地客家习俗要尝新禾打糍粑。九日上午,庭院柿树下,洗净了石臼,端出了蒸糯米饭。金旺和阿宝一左一右挥动木杵,起起落落。同样一右一左搅动石臼中糯米饭的,是银花和张二嫂。

"嘭……嗒。"

"嘭……嗒。"

热气腾腾的糯米饭散发出诱人的清香。

"嘭……嗒。"

"嘭……嗒。"

热气腾腾的糯米饭在竹板的搅动下,袅袅嫩嫩,洁白如玉。

金旺扬起手臂时,一不留神,手背碰到了银花的胸部,春光乍泄。

"哇啊!"张二嫂高声尖叫。

银花羞红了脸。

金旺愣怔片刻,扔下木杵,拔腿就跑。

银花追出门去:"金旺,金旺哥,回来,你回来!"

金旺跑远了,没有回来。

老东家闻讯,叹息着摇了摇头。年底,叫人挑了一担米粄和油炸豆腐,连同剩余工钱,送到了金旺家。

十年后,金旺发了,娶妻生子起大屋。

乡人羡慕他行了好运。传说,他在汀江边做工时,半夜推窗看江,他看到了月光下一匹白马在江边奔跑,一闪而没。他跟踪过去,就发现了数不清的金银珠宝,他发现了古人埋下的"窖藏"。

第六辑 红叶

梁野山乃武夷山脉南端与南岭北端最高峰。『梁野山上仁义厅,千里汀江金刀刘。』这是一组笔断意连的系列故事,曰『千里汀江』系列。

金雄刀

前面就是梁野山仁义厅了，李玉德加快了脚步。

江湖人称李玉德为李飞刀。他没有理由不激动，由他护镖的"排帮"顺利地沿千里汀江直达潮汕，路上虽有些小麻烦，飞刀破空处，只是为江湖上增添了几则传奇。

梁野山位于汀州南部。闽西汀州八县崇山峻岭连绵不绝，盛产优质原木，扎成排，顺水南下，销往珠江三角洲。这些年，汀江水路颇不宁静，"排帮"多有闪失。李飞刀受命于危难之间，这一趟镖，出乎意料地顺风顺水，为山寨立下了大功。

李飞刀知道，寨主年近古稀，早有金盆洗手之意。木排下水那天，老寨主亲自为他们送行。老寨主对李飞刀语重心长地说："我老了，山寨的担子，该交给你们年轻人了。"老寨主目送着足足有三里长的"排帮"浩浩荡荡地消失在河湾里。

想起老寨主，李飞刀心头一热。山寨是汀江边的著名山寨，人多势众，富甲一方。这倾注了老寨主大半生的心血。有道是："梁野山上仁义厅，千里汀江金刀刘。"说的正是这位老寨主。老寨主当年一柄大刀纵横江湖，罕逢敌手，号为金刀。其实，行走江湖，单凭手上功夫是远远不够的，老寨主扶危济困、广结善缘。坊间又有一句话，四处流传。这句话叫："有困难，找老刘；及时雨，金刀刘。"

这正是大年三十日清晨，山寨张灯结彩，弥漫着浓烈的节日喜庆。

　　李飞刀走过寨门,他就看到了老寨主的独生子刘天雄。他坐在轮椅上,闭上双眼,一手在空中不停比画。李飞刀明白,天雄又在练习书法了,看他气定神闲的样子,想必是进入了一个新的境界。行家们都说了,天雄转益多师,书法功力直追二王。二王就是王羲之王献之父子了。可以想象,要直追二千多年前的书圣父子,这是多么艰难的事。可是,据说天雄他做到了。

　　李飞刀不愿意惊动天雄。天雄奇才,传言八岁射落飞鸟;九岁驾马车载重物千里往返;十岁七步成诗;十一岁洋洋万言边防策论惊动了紫禁城……可惜的是,天雄在一次策马奔腾中,摔裂了脊椎,百药无效。这成了老寨主一辈子的隐痛。

　　咚咚鼓声响过三通,山寨仁义厅已经是人头攒拥了。

　　击鼓者,是一位白衣飘飘的儒者,后背的一把长剑剑穗如一团跳跃的火焰。此人姓陈名伟才,大有来历,传言其剑快如风,无迹可寻,号为追风剑。

　　追风剑是山寨总管,里里外外,经营得井井有条。多少回山寨危机,他运筹帷幄化险为夷。三日前,他从南京城返回,带回了大笔的茶款。梁野山绿茶闻名遐迩,李飞刀行走水路险滩的时候,追风剑正率领百十位挑夫担子辗转于闽浙苏三省的崇山峻岭之间。

　　出发的那一天,晨曦初露。老寨主送了一程又一程,临别时,老寨主拍着追风剑的肩膀说:"老夫老矣,山寨的担子可就靠你们喽,君其勉之,君其勉之啊!"

　　日出时分,老寨主颤悠悠地来了,一路上还止不住地咳嗽。一步一喘,他来到了仁义厅。环视着从四面八方赶来的各路英豪,老寨主缓缓地说道:"又是大年三十日了,山寨兴旺哪,癸丑

年,进账纹银二十万有奇。山寨有今日,全仰仗诸位英雄豪杰齐心协力。老夫感激不尽。老夫老矣,境况一日不如一日,本该早日退出江湖,无奈山寨虽说人才济济,若论独当大局,却是青黄不接啊。老夫之所以还在这个位置上,全是为了后人着想,扶上马,送一程嘛。"

说着,老寨主从架上取下金刀,猛然抽出。金刀金光闪闪,照亮了整个大厅。老寨主说:"此乃山寨宝物,人所共知。殊不知,此刀一雌一雄,雄刀乃祖师爷佩刀,韩江三河坝一战,祖师爷力战群顽,身负重伤,人与刀,不知所终矣。"

这一山寨掌故,几乎人人皆知。今日老寨主旧事重提,却不知何故?

老寨主没有顾及众英豪的窃窃私语,继续说道:"我山寨有福啊,出了两位奇才,武学修为,道德品行,皆为江湖仰望。山寨有福!山寨幸甚!"

说着,老寨主目视李飞刀、追风剑,眼角含笑:"玉德啊,伟才啊。"

"玉德在!"

"伟才在!"

李飞刀、追风剑抱拳出列。

老寨主缓缓道:"玉德啊,伟才啊。你们分头出发,寻找金雄刀,半月为期,元宵节为限。诸位英豪,烦请你们作个见证。玉德、伟才以外,无论何人,元宵此地,谁金雄刀在手,谁就是一寨之主。殷殷此心,神明共鉴。"

群雄欢声雷动。

良久,老寨主对追风剑说:"伟才啊,把今年的份子银发下去吧。"

今年的份子银远比往年厚重,上杭武婆寨甚至分到了五千余两,以至于不得不雇请挑夫,调来寨丁护卫挑回。在当夜的宴会上,大碗喝酒,大块吃肉,群雄说了许许多多老寨主的恭维话,很多人都喝醉了。

李飞刀、追风剑沿汀江南下,到达韩江三河坝。历尽艰难,终于找到了金雄刀。可是,不知何故,在粤东的一座荒山古庙,李飞刀、追风剑同归于尽。

甲寅年元宵,梁野山仁义厅,各路英豪齐集,人们看着厅堂正中的那把金刀,百感交集。

圆月在天,仁义厅烛光飘忽。此时,人们看到亮光一闪,只见一辆轮椅徐徐滑入厅内。轮椅上,端坐着一位脸色苍白的青年,他怀抱金刀,微笑着向群雄挥手致意。

此人是谁?居然拿到了另一把金刀!其实,不用笔者饶舌了,列位看官,你们一定猜到了。

金刀刘

老寨主和老管家主仆两人从汀江武婆寨下山。石阶上,老寨主身形不动,飘上了一只木船,回头,挥挥手,说:"回去吧,都不要送了。"

一干人依依不舍,目送着木船顺流而下,直到看不见踪影。有一句诗用在这里很合适,叫"孤帆远影碧空尽,唯见汀江天际流。"

老寨主不是武婆寨的寨主,是梁野山寨主。

上杭武婆寨是梁野山三十六寨之一。

前年,为了寻找失踪多年的镇寨之宝金雄刀,梁野山实力最强的李飞刀李玉德和追风剑陈伟才在粤东的一座荒山古庙同归于尽。老寨主的残疾"天才"儿子刘天雄手捧金雄刀如愿以偿地登上了寨主的宝座。可是,江湖多风浪,千里汀江之上,梁野山木排此后多次被拦截,血本无归。更可恶的是,峰市、三河坝、潮州三处木纲商号居然拖欠巨额货款。

派出去了几批"特使",旷日持久,都空手而归。欠债的大爷们似乎是约定好了说辞:俺们欠货款是有的,都是李玉德和陈伟才经手的,俺们还口头约定了一些附加条款,叫他们亲自来办,跟你们说不清。

老寨主想了多日,决定亲自出马。

老寨主今年七十有二,身板魁梧、硬朗,满脸红光,三绺银白长髯飘洒。身边的老管家,六十开外,却看似干巴的老头。

老管家怀抱一把厚实的大砍刀,长三尺二寸,宽五寸,厚半寸许,刀背及刀柄安装有九串铁环,刀柄上一把鲜红的绸布,如燃烧跳荡的火焰。这就是江湖传闻的"金刀"了。

有道是:"梁野山上仁义厅,千里汀江金刀刘。"老寨主当年一柄大刀纵横江湖,罕逢敌手,号为金刀。有诗赞曰:"千里汀江,梁野山高;金刀一出,八面威风。"

木船顺流而下,穿越重重险滩。落日时分,抵达峰市。

峰市就是河头城了。汀江水流至此,跌落百丈深谷,浪花四溅如棉花铺盖,曰"棉花滩"。汀江下行、韩江上行货物在此转运"驳肩",河头城遂店铺林立,人烟稠密,成为集市。

陈家驹是此处木纲会首。此时,正于会馆客厅招待刘寨主用茶。轻轻揭开茶盖,金刀刘闻到了一阵熟悉的清香。

"老寨主,这茶叶如何啊？"陈家驹笑着问。

"多谢贤侄有心,记挂蔽山寨。"

"这梁野山云雾茶哪,还是俺玉德兄弟前年赠送的,一直舍不得喝哪。"

李玉德李飞刀已然在江湖消失。陈家驹这不是醉翁之意不在酒吗？

"贤侄重情重义,老夫甚感欣慰。"金刀刘从怀中摸索良久,掏出了一块玉佩,递给陈家驹:"贤侄,这块玉佩,是俺兄弟留给老夫的。老夫须臾不离,四十三年了。老夫来日无多,还是物归原主吧。贤侄好生珍藏。"

陈家驹双手捧起这块玉佩。玉佩有凤凰图案,左翼残缺。陈家驹睹物伤情,登时泪眼蒙眬。四十三年前,陈家驹九岁,随父亲船队前往汀州。船队行至回龙湾,中了仇家黑虎寨的埋伏,家丁损伤大半,父亲中箭,奄奄一息。就在这千钧一发之际,一彪劲旅从斜刺里杀出。为首一人,砍刀闪闪,所向披靡。他就是江湖上大名鼎鼎的金刀刘。金刀刘义薄云天,一路护送陈家船队安全抵达峰市,分文不取。重伤初愈的父亲遂与之义结金兰,赠送了这块家传玉佩。

陈家驹捧还玉佩,动情地说:"伯父,您这是……"

金刀刘哈哈大笑:"探亲访友罢了,看到贤侄兵强马壮、生意兴隆,老朽这就放心了。贤弟哪,您在看着吧,贵府后继有人哪。"

陈家驹说:"伯父,您老就多盘桓几日吧,敝处的江枫渔火可是小有名气的。"

金刀刘说:"约好了呀,明日还要赶到三河坝呐。"

陈家驹说:"伯父,忘了告诉您老人家,敝行所欠五千两纹

银,前些时手头紧,此时大概已经送到上杭城了。明日此时,该可以到达贵寨。"

金刀刘笑了:"和您爹一个样,都是急性子。不急,不急。俺此番来,看看贤侄就高兴了。你说是不是呢?啊?"

三河坝位于粤东大埔,崇山峻岭处,一马平川,汀江、梅江、梅潭河在此汇合,水势变得更为浩大。三河坝江水南流,即为韩江。此地有城,清初传奇铁丐将军吴六奇主持修筑,曰汇城。人货辐辏,富甲一方。

三河坝木纲会首邱文贵号称邱百万。钱多了,脾气就大。传闻嘉应州大埔县令新官上任,必来三河坝访贤。这邱百万让某县令大人白跑了两趟;第三趟,邱百万穿着一双木屐,大剌剌地见了一见。因此,这位邱百万又有另一个外号,叫邱木屐。

果然,金刀刘住在汀州会馆等候,老管家白跑了三趟,邱木屐下属皆称会首外出未归。

第四天,金刀刘和老管家将如期前往潮州。吃早饭的时候,金刀刘拿出一封信函,在窗口阳光下晃了晃,交给汀州会馆主事说:"麻烦您派个快脚。若无意外,邱百万会赶到码头,见上一面。"

金刀刘和老管家慢慢地吃完早饭,慢慢地收拾行李,然后,告别汀州会馆,慢慢地向南江边码头走去。

码头上,雇请好的船家在静静地等候。江风吹动着金刀刘花白的头发和三绺花白的长髯。老管家怀抱着黑鞘九环刀,刀柄红绸飘拂。想起主人纵横无敌的那些岁月,老管家突然鼻子发酸,扭过头去。

金刀刘此番送去的书信,是一张书页,来自《客家诗文集》,主编是邱天德。其中引用了一句诗:"清风不识字,何故乱翻书。"

出自江苏举人徐述夔《一柱楼诗》。当年,该诗被举报为攻击朝廷。乾隆大怒,下令处斩校编诗集者,大兴"文字狱"。消息传出,邱天德赶紧派出人手,悄悄重金收回发散的诗文集,秘密销毁。但是,百密一疏,还是有一册流落在外,不知所终。

这个邱天德,就是邱百万的曾祖。近百年来,邱氏家族头上一直隐秘地高悬着一把利剑。现在,这把足以摧毁一个势大财雄家族的利剑终于出现了。邱木屐再高傲,也没有理由躲避不见。

金刀刘很自信,他一定会来的,俺不等了。就在他一跺脚要跨上木船的时候,他听到了一声声急促的呼喊:"刘老伯,刘老伯,请留步,请留步哪……"

金刀刘没有回头。老管家看到,一群当地富豪模样者,踉踉跄跄地奔向码头。他知道,收回欠款已经没有任何悬念了。

在邱百万的盛情款待下,金刀刘在三河坝流连了半月有余。前往潮州,顺风顺水。抵达潮州的那天中午,木纲行会首刘水长率众在湘子桥迎候多时。

当晚,刘会首在湘子楼设歌舞宴会款待,各商号的头面人物差不多来齐了。酒酣耳热之际,说起闽赣木料,人人称好;说起梁野山仁义厅,都说,黄金有价,仁义无价,这名字漂亮、响亮!

兴尽散席,早有豪华马车将金刀刘主仆两人送回闽汀潮州会馆。

其时,月上中天,庭院积水空明,一树茶花在块块青砖上映出细碎的光影。

金刀刘豪情满怀,从老管家怀中抄起九环刀,哐当出鞘,却感觉异常。细看,这口曾经纵横江湖的神兵利器,通体锈迹斑斑,黯淡无光。

屈指算来,金刀刘不操兵刃,差二月有一十三年。

铁桥仙

入秋以来,梁野山变得格外迷人,红叶满山,时见秋雁成行,飞过汀江,飞往粤东蕉岭方向。

这一日清晨,梁野山西麓的陈家寨炊烟升起,村前古榕树下,此时闪出一匹乌黑的骏马,四蹄闪亮,踢踏在晨露湿透的石砌路上。马上,是一位身形魁梧、鹤发童颜的老人。

四乡八邻的老少都知道,这铁桥仙,又要到"高胜"茶楼喝早茶去了。

"高胜"茶楼位于武邑县城的东门,西望群山,北有荷塘,南临汀江支流武溪河,风景优美。此地兼营正宗粤式茶点,向来有名。

铁桥仙策马款款独行,不时和行人打打招呼,脸上持续保持着一代宗师应有的风度,似笑非笑。

铁桥仙姓陈,名仙霞,字云天,是闻名闽粤赣边的"赛百万"的独子,家有良田千顷,山场万亩。乡间传言,此公琴棋书画兼善,十八般武艺样样精通。铁桥仙年轻时参加武邑南三乡民间比武大赛,连续挫败了多名高手,夺得锦标。夺标之战的高潮,是陈仙霞与武邑江湖顶尖高手张九峰巅峰对决,那真是好一场扣人心弦的大搏杀啊。最后,艺高一着的陈仙霞看出破绽,猛下杀手,一招制敌。这一招,大有名堂,叫南拳"铁板桥"。乡人惊呼:"这铁板桥真正是神仙功夫!"从此,陈仙霞就被尊称为"铁桥仙",真姓大名反而鲜为人知了。

决战次日,张九峰变卖家产,从此远走他乡,再也没有回来过。

铁桥仙的大名传开了,汀江武林难免有一些人不服,"江广福"三省高手纷纷前来切磋武功。来时,个个口头客气,神态冷酷。走时,又个个笑逐颜开,称兄道弟。铁桥仙把他们一个个送到村口榕树下,依依惜别。一次,一位铁塔般的汉子当众单膝跪地,哭着说:"铁大哥哟,小弟甘拜下风哪!"

某晚,月黑风高,汀江武婆寨的强人把陈家寨"九井十三厅"团团围住,火把飘忽,照亮了大半片天际。武婆寨主老黑皮指名道姓要和铁桥仙单挑。铁桥仙下令家丁紧闭大门,以弓弩压住四角,引而不发。闽粤赣边客家围屋高大厚实,有极好的防御功能,使用得当,可谓一夫当关,万夫莫开。老黑皮叫骂声不绝。铁桥仙在上厅阁楼上亮着灯笼,高声吟哦唐诗宋词。

老黑皮气得直跳脚,叫骂声更大了。

此时,高楼上的铁桥仙看到了县城方向升起的三朵璀璨的烟花。他笑了,推开窗,高喊:"老黑皮,你等着,俺铁桥仙来也!"

铁桥仙顺手拈来一根鸡毛掸子,慢悠悠地踱步下楼。

下得楼来,众家丁见主人冒险前往,苦苦哀求。家丁甲乙丙蹲抱住了主人的双腿,涕泪纵横。

铁桥仙苦口婆心,劝说大家松手,区区土贼,何足道哉?!

这时,铁桥仙眼角一瞄,屋顶墙角有三道红光一闪而没。铁桥仙一改和颜悦色,突然踢开家丁,大发雷霆:"滚!开大门!"

家丁们战战兢兢地打开大门。铁桥仙手提鸡毛掸子,昂昂然走向大门口。

老黑皮群匪看到铁桥仙怪异的样子,一时懵了。就在这时,猛然间听到弓弦之声,箭似飞蝗,连绵不绝,从四面八方攒射而来。

援兵到了,武邑李知县的三百弓弩兵所向披靡,一切都结束了。

云聚云散,花落花开。转眼五十年过去了。

现在,乡村石砌路上,铁桥仙策马款款独行。

来到"高胜"茶楼临江雅室,早有灵洞山道观的微尘道长等候多时。老高迅即亲自端上了各色茶点,悄悄退出。老高明白,这两位武林泰斗常常在此聚会,月中人物,切磋武功。

吃喝得差不多了,铁桥仙问:"江湖上,听说有了一批新秀?武功尚可乎?"

微尘道长哈哈大笑:"什么新秀?!呸,尽是一些三脚猫,比起您我,还差得远啦!"

铁桥仙摆摆手,说:"道兄哪,老夫发愁的是,江湖上一代不如一代,青黄不接呐,假若再次遇上苗刀无敌老黑皮,该怎么办呢?"

微尘道长正色道:"说起贵寨陈家寨一战,江湖朋友谁个不竖起大拇指,大喊一个好字!现如今江湖后辈,还有哪个敢拿一根鸡毛掸子迎战百十强匪?啊?没有了嘛。"

铁桥仙沉吟片刻,说道:"江湖零落,吾辈自当努力,不敢一日懈怠也。来,来,来,咱们继续编创无敌神拳。"

接着,两大师手舞足蹈,捏着剑指比比画画:你一招"雾锁汀江",他一招"梁山风月";你一招"玉女穿梭",他一招"犀牛望月";你一招"燕子抄水",他一招"金鸡独立";你一招"旱地拔葱",他一招"苏秦背剑"……一来一往,双方大战三百回合。

这一激战,两大师神游太虚,口干舌燥,他们立即唤来跑堂的续水。进来的是一个新手,叫傻根。傻根面对一代武林宗师,很害怕,不小心把茶汤洒在了铁桥仙的布鞋上。一尘道长摔了傻根两个耳光,喝令傻根立马舔干净,否则,以"铁扇关门"半招置之死地。

傻根吓傻了,说:"我有工钱,我赔。"

铁桥仙拿起桌上的小蒸笼,轻轻地倒扣在傻根的头上,缓缓道:"你赔不起。"

傻根说:"我赔,我不舔。"

"啪"又一只蒸笼扣在傻根的头上:"你赔不起!"

傻根说:"我赔,我不舔。"

当第三只蒸笼扣在傻根头上的一瞬间,傻根抄起一条板凳,大吼一声,拦腰横扫。铁桥仙、微尘道长肋骨腿骨不同程度折断,齐齐栽落武溪河。

铁 丐

陈仙霞站在"九井十三厅"的上厅阁楼上,望着远处白云飘缈的梁野山,自言自语地说:"半年有余了,铁丐剑仙怎么还没有回来呢?"

铁桥仙姓陈,名仙霞,字云天,是闻名闽粤赣边的陈家寨"赛百万"的独子,家有良田千顷,山场万亩。乡间传言,此公琴棋书画兼善,好武,苦练多年。

去年腊月,陈仙霞上汀州府访友。来到水东桥边,有卖狗皮

膏药的把戏师,口出狂言,说拳打南山猛虎脚踢北海蛟龙,又说英雄寂寞,偌大汀州府竟无人习武云云。

陈仙霞拨开众人,站在了场子中间。

把戏师是个敦实的壮年,打量了一眼陈仙霞,笑了:"你个读书人,莫要自讨苦吃喽。"

陈仙霞起式来了个太极拳的懒扎衣,右手伸了出去,气定神闲,说道:"请!"

把戏师一看,嘀,太极高手啊。遂不敢怠慢,变换桥马绕着对手转了几个圈圈。陈仙霞只是略微进退,右手一直随把戏师转动,如影随形。把戏师冷汗直流,湿透衣衫。

"哈哈哈,没有功夫,还敢来汀州府卖狗皮膏药?"

"这兴宁阿哥,说的比唱的好听!"

"这三脚猫功夫,连路费都赚不到哟。"

围观者七嘴八舌的,这最后一句话极大地触动了把戏师。把戏师原本打算再转几圈后,说几句软话,把对方的太极神功捧上天去,体面收场。想想自己多日做把戏,狗皮膏药没有卖出几贴,成天啃冷饭团,这样折了面子,还真得连回广东梅县的路费都赚不到了。何以面对父老乡亲?何以面对老婆孩子?

把戏师想到这里,稳住了脚步,亮出寻桥招式,胸膛起伏。

陈仙霞绸缎飘飘,似笑非笑。

把戏师忍不住了,大吼一声,踏步上前,一拳冲出。

陈仙霞一招如封似闭,要化解把戏师的攻势,连消带打。

把戏师的硬功,可以单掌裂石,力敌水牛,这一拳冲出,直破陈仙霞双掌,结结实实地锤打在他的腹部。陈仙霞猝不及防,跌倒在一丈开外,老半天爬不起来。

众人惊呼,把戏师仰天狂笑。

陈仙霞在仆人的搀扶下,一跛一拐地隐入人流中,一些擦肩而过的人,瞥一眼这位绸缎撕裂者,满腹狐疑。

陈仙霞再也没有心事去拜访朋友了,租一艘篷船,打道回府。

篷船,汀江流域称之为"鸭嫲船"。史志记载,汀江水运极繁华之时,有"上河三千,下河八百"鸭嫲船穿梭其间。

陈仙霞计划顺汀州府南下、经四都、湘店、回龙,过上杭县城,达中都大沽滩上岸,入武平象洞,翻十二排,直抵梁野山麓。

一路上,陈仙霞铁青着脸,不多说话。这一天,细雨蒙蒙,陈仙霞呆呆地望着移动的两岸青山,突然一拍船舷,跳出船舱,高声吟唱:"怒发冲冠,凭栏处,潇潇雨歇,壮怀激烈!"

舟子张开大嘴看着他,一时忘了撑船。仆人说,没什么,没什么,俺家公子在吟诗呐!吟诗,吟诗哦。懂不懂?读书人的事。

篷船过上杭,此地瓦子街是客家人的一个重要中转站,又叫瓦子坪、瓦子堡。上杭县城,汀江环绕,城池高厚,人称"铁上杭"。

这一日,彤云密布,老北风越刮越紧,细雨中夹杂着小雪粒,乡间谓之"米头雪"。

陈仙霞原有一些"琴岗诗社"文友在上杭县城,往来唱和,诗友词长每每夸赞他为"文武全才"。如今汀州铩羽,陈仙霞无意在此逗留,吩咐舟子,直往中都。

顺风顺水,篷船沿汀江而下。日暮时分,就来到了上杭中都的大沽滩。

大沽滩,是汀江中游著名险滩,两水相激,时有巨浪。中都,都者,小于乡,是元代以来对村里的称呼。

付清船租工钱,陈仙霞和仆人一前一后,拾级而上。

石阶顶上,是一处茶亭,曰"饮和亭"。客家人乐善好施,往往

在渡口处建筑茶亭，便利过往行人。

雨雪不停，陈仙霞来到茶亭歇息，主仆闲话对答了几句。

"何人扰俺清梦呀！喷喷喷喷。"茶亭角落有一人瓮声瓮气。定睛一看，是一个衣衫褴褛、干瘪矮小的老乞丐。

腊月雨雪天，这老乞丐在这寒冷江风吹拂的茶亭酣然大睡，此非奇人异人乎？

"有酒吗？不让俺睡觉，就该请俺喝上三百杯！"

"有，有，有酒！老先生请。"

陈仙霞请老乞丐来到中都乡的"五枚酒楼"，叫来好酒好菜。中都一地，盛行南少林五枚师太一脉拳术"五枚拳"。此"五枚酒楼"想来是武林中人掌柜的了。

老乞丐连饮三坛客家酿酒，还直嚷加酒加酒。陈仙霞说，老先生，我家有窖藏十八年的酿对烧，滴酒挂碗，管个够。老乞丐跳将起来，拖着陈仙霞就要走。

陈仙霞雇来一辆马车，半日行程，就回到了梁野山麓陈家寨。

陈家寨"九井十三厅"即客家庄园经典建筑，高楼瓦屋连片。

老乞丐在客房安歇，整日喝酒睡觉。

这一夜，子时，夜深人静，天上一钩残月。老乞丐悄悄溜出客房，舞动两把短剑，剑光闪闪，周身环绕。良久，老乞丐收剑在手，往嘴里一塞，吞食了。

次日深夜，子时，老乞丐手持两颗大铁球，当当两声，就抛上抛下，玩个尽兴。良久，双掌轻怕铁球，铁球顿时成为粉齑，纷纷掉落。

又一个深夜，还是子时，老乞丐飘然来到后山，运气吐纳。一只乌鸦在竹林上聒噪不已。老乞丐走过去，一腿就把碗口粗的毛竹扫断了。他显得很扫兴,转身回房去了。

这一切,都被陈仙霞看在眼中。他对老乞丐更是钦佩,招待得更是热情周到。

转眼就到"入年界"了。客家地区,一到"入年界",家家户户就忙于过年的准备了。这天早上,老乞丐刚喝了一碗酒,就对一边恭恭敬敬侍候着的陈仙霞说,实不相瞒,俺就是江湖上传说的"铁丐剑仙神腿震三江",简称"铁丐剑仙",俺要教你功夫。说着,从怀里掏出一本古籍,上书大篆:万法归宗。

陈仙霞单膝跪地,接过武林秘籍。

老乞丐又说了,你可知太极门杨露禅?好,好,这小友和八卦门的老董邀俺到京城元宵赏灯。兄弟手足情义,俺得去哦。说罢,无奈地摇头叹气,贤弟啊贤弟,为兄不是要在路途过年了嘛。

陈仙霞立即封好一百两紫金山千足黄金,牵来快马一匹,赠送铁丐剑仙。铁丐剑仙也不推辞,抓过包裹往肩上一搭,飞跨上马,朗声道:"三月必归,你那酿对烧可要藏严实喽!"

说罢,铁丐剑仙绝尘而去,消失在梁野山麓的山路尽处。

夺 魁

陈秀才坐在书房里发呆。一卷连城四堡"翰文楼"版的《古诗源》滑落在地砖上。他弯腰拾起,掸掸灰尘,摇头苦笑。

他向窗外望去,一树桃花,开放在远远的梁野山上。

陈秀才从怀中掏出一块灿灿发亮的铜板,久久凝视,喃喃自语:"我答应过你的,我一定做到。"

陈秀才跨出了他的书房,来到他那"九厅十八井"的一处宽敞天井,右手握着一柄斩马刀。立定,放松,含胸拔背,深呼吸,猛地右脚钩踢刀柄,左手接过,双手持到连环劈砍,舞动出一片刀光。

就在陈秀才收势的片刻,厢房一侧传来了热烈的掌声。他明白,鼓掌的是他的好朋友,同年秀才李文彩。正如后来江湖上将陈秀才呼为"铁桥仙"一样,李秀才成为武邑西山的微尘道长。

"好!天霞兄好刀法!"

"哪里,哪里,还望文彩兄多多赐教。"

"不敢当。天霞兄可知张九峰者。"

"谁个不知?"

"也回来了。志在必得。"

"这又如何?"

"两虎相争,必有一伤。"

"文彩兄,您我相知相识,我明白您的好意。可我不会放弃的。"

"我明白,您一直忘不了她。"

确实,陈秀才忘不了她。八年前,武邑秀才陈天霞和李文彩结伴前往省城福州参加乡试,途径武北回龙湾,一伙强人将他们掳掠上山,另一位强人又将他们救了。救他们的,是一位红衣女子,快马如风,金钱镖连环飞出。陈秀才看呆了,问道:"女神,我们还会见面吗?"红衣女子勒马,咯咯直笑,说:"你若是江湖中人,我们江湖相见。"陈秀才望着她远去的背影,大叫:"我要练武,我要武邑夺魁!"红衣女子回眸一笑,出手如电,一枚铜钱飞来,割断了绑吊绳索。

九天后,陈秀才、李秀才来到福州。洪山桥头,陈秀才立定了脚步,对李秀才说:"送君千里,终须一别。愿仁兄金榜题名,小弟告辞了。"李秀才惊愕万分,陈秀才已经走远。

陈秀才返回梁野山下,聘请了南少林流派诸多武师教习武艺,渐渐地,在汀江武邑就有了越来越大的名气。

那年,李文彩乡试不顺遂,接连几次,还是名落孙山,不过,此子愈挫愈奋,依然痴心不改。闲时,却常来陈秀才处走动。

刚说起张九峰,不久,陈秀才就和他有了一面之缘。三月三日,武邑知县令堂六十晋一华诞,大宴宾客。武邑一百零八乡缙绅纷纷前往贺寿。陈秀才代表陈家庄敬献贺礼,遇上了张家寨来宾张九峰。两人坐定,互相让茶,手上几个来回,登时明白了对方的斤两。

"唉,这张九峰,功夫可是非同一般。"陈秀才事后不止一次地对好友李文彩如是说,忧心忡忡。

张九峰何许人也?说起此人渊源,大有来头。武邑南三乡人士,世代走江湖跑码头卖狗皮膏药,这次回乡定居,目的就是参加端午时节武邑南三乡武林大会。

乡间传闻,某年某日,武邑东门街市,一驾马车受惊狂奔,一小儿傻立当道,眼看不测。说时迟,那时快,一个身影一闪而过,抱开傻儿。救人者,陈秀才也。

乡间传闻,汀江大水,一舟飘荡,眼看冲落险滩,老渔翁狂呼救命。但见岸上一人,不慌不忙抛出铁钩长绳,轻轻松松地把木舟拖上岸边。抛绳者,张九峰也。

乡间传闻,陈秀才前往粤东三河坝访友未遇,在客栈歇息,有吃霸王餐烂仔数人,砸烂桌凳,痛打店主。陈秀才忍无可忍,一把竹筷扬出,烂仔悉数倒地不起。

乡间传闻,张九峰在赣南瑞金街头卖狗皮膏药,一群地痞持刀夹棍来攻。张九峰解下腰带,啪啪数声,收尽兵刃。地痞落荒而逃,再也不敢来闹事了。

"端午节,赛龙舟。汀州对梅州;狮子岩,比功夫。秀才对八峰。"汀江流域的客家人把今年端午节的看点,用顺口溜传唱开来了。

武邑民俗,三日一圩民间贸易。武邑南三乡的圩场就设在狮子岩下。张九峰闲着也是闲着,就在均庆寺前摆开了摊子,旗子挂出,铜锣还没有敲响,观众就围拢上来了。四乡八邻都知道,两天后,这个做把戏的张九峰就要和陈秀才对决了,他的功夫真的像传说中那样厉害吗?有人从河里摸来一块鹅卵石,要张九峰以大力金刚掌击碎它。张九峰说说笑笑,蹦蹦跳跳,几次作势要发功击打,又放下了,转口说要吃了他那家传秘方大力金刚丸才有效,招呼大家来买。有了几个人交钱,张九峰又将钱还给了他们,还免费赠送了几贴狗皮膏药,说是有缘分,交个朋友。折腾了好些时候,好些人就要散去了。张九峰捡起鹅卵石说:"且慢!让大家开开眼!"众人睁大了眼睛。张九峰慢吞吞地服下药丸,闭目引气,猛地双掌相击,鹅卵石瞬间成为粉齑,纷纷扬扬落地。

端午日近,陈秀才也没有闲着,他从《周易》中悟出了一套"飞龙在天"的旋风连环腿,极兴奋,半夜来到天井演练,果然威力大增,飞腿旋风处,天井树叶坠落。不料,就在他再一次拧腰奔窜时,感到了腰间一阵剧疼,他扑通一声倒在地上,老半天爬不起来。他的耳畔回荡着汀江回龙湾那塔塔的马蹄声和她那清脆的笑声,他流出了眼泪。

李秀才昨晚又得佳句。一大早,他就来到了"九厅十八井"。老朋友的状况令他格外担忧,他问陈秀才道:"还要参加夺魁之战?"陈秀才点点头:"无妨,爬也要爬上擂台。"李秀才说:"我明白了。"

五月四日,明日端午。子时,张九峰收功回屋,定睛一看,堂上端坐着一位玉树临风的翩翩公子。

翩翩公子说:"敝人李文彩,不请自到,失礼了。"

张九峰:"我在广东行走江湖,久闻公子大名。"

李文彩:"您是久闻家兄李总兵的名头吧?"

张九峰憨笑。

李文彩:"我为陈秀才而来,您让一让?"

张九峰:"我不让。"

李文彩:"给您黄金白银。"

张九峰:"黄金白银重,名声更重。"

李文彩:"给您官当,粤东各县典史、捕头,随便挑。"

张九峰:"不挑。我要名声。"

李文彩剔了剔身边的油灯,火苗跳荡了几下,亮堂多了。李文彩慢悠悠地从腰间摸出一枚铜钱,说:"九峰兄,认得这个吧?"

张九峰双手接过铜钱,眼圈潮湿了,低声问:"说吧,要我怎么做?"

李文彩起身,拍了拍张九峰的肩膀,说:"九峰兄是明白人,该怎么做,您就怎么做吧。"

端午日,狮子岩均庆寺。夺魁之战的高潮,是陈秀才与张九峰巅峰对决,杀气满场,扣人心弦。最后,陈秀才看出破绽,猛下杀手,一招制敌。

空里流霜

素心兰此时正处于万分危急之中，三面峭壁悬崖，另一面是冰冷的刀尖。

素心兰号为汀州江湖第一美女，此时衣衫不整、花容失色。

刀，是苗刀，修长、厚实、强悍、霸气，鲜血滴落，刀柄紧握在一双残缺的手上。这双手，只有九根指头。

一顶斗笠遮盖住了苗刀手的脸，斗笠下，传出暗哑的喉音："空里流霜？"

素心兰："空里流霜？你是……"

苗刀手冷笑，往前逼近了半步："可还记得梁山论剑？"

梁山，即梁野山，系武夷山脉南段、南岭北段的最高峰，临千里汀江。

梁山论剑，是三年一度的武林峰会。

九月九日，正是登高望远的时节，梁野山菊花盛开，又到了梁山论剑的一日。少林、武当、峨眉、崆峒、飞鹰诸家高手云集。传言，西域天山剑客也接到了飞鸽传书，正日夜兼程赶来。

九月九日，黄道吉日，诸事皆宜。

有道是："梁野山上仁义厅，千里汀江金刀刘。"说的正是梁野山刘寨主。其人扶危济困、广结善缘。坊间又说："有困难，找老刘；及时雨，金刀刘。"

日出时分，梁野山峰峰相连，白云飘飞。刘寨主长衫飘飘，仙风道骨,热情招呼着各路英雄观景赏花。群雄说说笑笑,兴高采烈。刘寨主心头雪亮,昨晚馈赠的车马费——每人百两紫金山千足黄金,起到了关键的效用。

刘寨主主持峰会,理应高兴。其实,他高兴还有一个由头,就在三个月前,他迎娶了汀州江湖第一美女素心兰为妾。此时的他满脸春风,话语含笑地邀请各路英豪就座,品尝梁野山云雾神茶。

英雄就座,茶杯却空空如也。何故?金刀刘拍拍双掌,一只通体雪白、穿红袍、斜挎竹篓的山猴吱吱跳出。金刀刘说,去,去。山猴疾若闪电,攀野藤,直扑对山悬崖。但见一团红白云彩往来穿梭,不久,山猴荡回,单膝点地,捧上了一篓青翠欲滴的茶叶。金刀刘抓起一把,朗声道:"列位英雄,这就是敝山寨浪得虚名的云雾茶了。"

这一边,红泥小火炉上,瓦罐噗噗有声。金刀刘一招手,一位美女款款而来,她心无旁骛,表演了一套后来被大江南北誉为"武夷十八法"的茶艺。

武当张八峰大师端茶在手,闻香,细品,突然高叫一声:"妙,妙,妙哉!"

南少林释普法大师一饮而尽,随即紧闭双眼,似已入定,良久,微张眼角,感慨万千:"阿弥陀佛,禅机啊禅机!"

峨眉山一尘道长半吞半含,陶醉于余韵绵长,遂轻拍栏杆,口占一绝,纵声吟唱:"闽粤赣兮好地方,梁野山兮好风光。山清水秀兮景色美,云里雾里兮好茶香。"

好诗啊好诗,说到咱心坎上去啦。

崆峒山人放下茶盏,猛地跳将出来,一连打了十八个筋斗,蹦回原处,大叫:"如此天下好茶,非手舞足蹈难以抒怀也!各位英雄见笑了。"

群雄纷纷表示正有此意,怎奈老英雄捷足先登了嘛。

金刀刘笑了笑,说:"承蒙列位英雄错爱,敝山寨略备土特产一份,不成敬意,万望笑纳。"

说话间,一群健仆端上红布包裹,呈献群雄。若干英雄轻取包裹,在手中掂了掂,沉甸甸的,登时心中有数,但脸上却是不动声色。还是崆峒山人目光如电,晨光的映照下,他看到了包裹中金色的美丽的光芒,还有什么比这种光芒更令人赏心悦目呢?崆峒山人抑制不了内心的激动,高叫道:"如此好茶,天下第一!自当勒石纪念也!若非如此,在下愧对神茶,即当场拔剑自刎!"

金刀刘为避免高峰论坛上的流血事件,含泪答应了崆峒山人的合理请求。

雷鸣般的掌声,经久不息。

梁山论剑,是此次峰会主题。汀州太守陈大人亲临会场。群雄"以意驭剑",坐而论道,以意念连环角逐了九天九夜。江湖传言,这是江湖上有史以来最惨烈的角逐,也是最高水准、成果最大的一次角逐。

闭幕式隆重热烈,梁野山峰顶,彩旗飘飘,战鼓震响,声闻十数里。闭幕式的高潮,汀州江湖第一美女,也就是刘寨主如夫人素心兰表演了"空里流霜"剑法。此剑法得自梦中,取唐人张若虚《春江花月夜》诗意,以柔克刚。江湖传言,素心兰功力已达第九层,当其飞剑至"江流宛转绕芳甸,月照花林皆似霰。空里流霜不觉飞,汀上白沙看不见"之时,千军万马,皆灰飞烟灭。此所谓至柔克至刚也。

台上,素心兰婀娜多姿,顾盼有情,剑舞寒光闪闪。台下,群雄频频颔首,赞不绝口。此时,匆忙赶到现场的天山派雪莲子,眼角一再扫过群雄腰间下坠的包裹,表情复杂。他突然挺身而出,提议让他那些不成器的弟子们见识见识刘夫人的高妙剑法。

天山派"北斗七星阵"名扬江湖,杀势凌厉。此番来者不善,定有一番龙争虎斗。

七剑上阵,遇"空里流霜",居然旗鼓相当,双方屹立不动。

健仆适时为群雄换茶,一张二百两黄金的银票滑入了雪莲子的口袋。雪莲子什么也没有看见,悠然地伸了伸懒腰,啜口茶,打了个响亮的喷嚏。似乎与此同时,"空里流霜"陡然发功,七剑被强大的气场弹出了三丈开外。所幸,无人伤亡。

"卑鄙无耻!"飞鹰帮小字辈李某拔刀在手,直闯擂台。群雄横戈挡路,皆曰小字辈目无江湖规矩,可诛!可杀!以儆效尤。汀州太守陈大人姑念其年少无知,留下一根指头,驱逐下山。

一年后,汀州太守陈大人以"私藏甲兵,图谋不轨"为由,拘捕了金刀刘,遣散部众,籍没财产。

素心兰奔逃路上,正处于万分危急之中。

红　叶

我永远无法知道三百年前的江湖艺人红叶当时是怎么样的心情。那一刻,我站在河头城的后山上,遥想当年。多年以后,这个叫峰市的河头城已经沉没在汀江水底。我站立的地方只剩下残垣断壁,茅草疯长。我看到山下蜿蜒的汀江静静流淌,早已经没有了"上河三千,下河八百"的繁华景象。我明白,繁华总会过去的,繁华的顶点就是衰败,物极必反,月盈而亏。

红叶是江湖艺人,绳伎,名动诸边。当地百姓说:"个只做把戏的特有名。"客家乡亲们就是这样,把如此高空杂剧艺术轻飘飘地说成了"做把戏的",就好像他们把影帝影后说成是"戏客子"一样,很不严肃。确切地说,是消解了艺术的严肃性。他们动不动就说"江广福",其实,准确的说法是"闽粤赣",当然,如果我的祖籍地在广东,我要写成"粤闽赣"。不可否认的是,"江广福"诸边是一个完整的历史人文地理单元,是一个整体。

红叶,使人联想起秋天,十月金秋。这个时节,满山红叶似火,田野金黄,客家山区如同林风眠大师的风景画。那时,红叶是最美丽的时候。

那天清晨,河头城码头人头攒拥,美丽的红叶已经在一根绳索上手持纸花伞婷婷袅袅地来回走了三趟,那媚眼,那身段,那惊险技艺,那万种风情,谁都会为之陶醉,可谁也写不出来,何况是三百年后的笔者?赏钱如雨点落下,红叶看似漫不经心,实则明察秋毫,如同台上长篇大论做报告的领导之于台下昏昏欲睡者。

但是,红叶必须走下去,因为她看到了一叶轻舟顺汀江飘然而下,船头,站立着一位白衣飘飘的书生,如果用贴切词来形容,您猜对了,只能是"玉树临风"四个字,一如二十年前的区区在下。

红叶打足精神表演,一系列的高难动作博得了阵阵喝彩。就在红叶要表演拿手好戏"飞凤在天"时,随着炸雷似的一个"赏"字,三枚铜钱联袂飞来,飒飒飒切断了绳索,红叶在半空中坠落。

众人定睛一看,立即四散开去。

来者何人?是俺朋友的祖上,谱牒上详细记载了其"出生贫寒""艰苦创业""发了大财""回报社会"的形状,谱牒说,"四乡八邻,皆称某某公为大善人焉,人或忘其姓名。"其实,当时的老百姓当面称他是"张大善人",背后却叫他"霸坑鸟"。"霸坑鸟"自然是禽中猛者,一鸟在坑,群鸟无声。

那时,张大善人说话了:"三脚猫功夫,也不看看地方?!"

红叶泪花闪烁。

"所有行头,一概充公!"张大善人扔下了第二句话,转脚就走。

一群壮汉蜂拥而上。

"且慢!"一声断喝。

来人正是那位白衣飘飘"玉树临风"的读书人,气定神闲,也就是脸不改色、心不乱跳地站在张大善人的面前。

顺便说一句,过去我们写革命同志在巨大威胁面前,那是"脸不改色心不跳"。我认为是不正确的,心肯定在跳,是心不乱跳。

张大善人纳闷了,敢在太岁头上动土,现代话就是胆敢妨碍我执行公务,好大的胆子,来头不小啊?于是,张大善人问道:"这位仁兄,有何贵干?"现代话就是:"这位领导同志,有什么指示?"

"玉树临风"看着张大善人,微笑。武侠中人的风度,是离不开"微笑"的。不信,您随便翻看金梁古温新派武侠小说诸大师的集子,平均不出三页,就会有一个"笑"字,准确地说,是"微笑"。

那天,我去听一位领导做报告,主席台就座的其他领导,在长达三小时五十九分的时间里,一直似笑非笑。这份定力,这份涵养,我知道,他们都是一顶一的武林高手,九段以上的大师。

"玉树临风"的身旁,是一位精干的老仆,他递上了一张"名刺"。名刺就是名片,木头做的,古代就有。

张大善人接过一看，严肃的脸上以闪电般的速度堆上了笑容。他身边的一群好汉也立即笑容满面。

这种情形，通常是见到了大人物。现代是有照相术的，和大人物在一起的照片，大家都是笑容可掬的。我们可以从笑容可掬的程度，读出大人物的级别。这个笑容，是真诚的，自发的，不约而同地，自自然然的，南北共通的。

张大善人笑着说："啊呀，您就是咱们客家大才子文风先生啊？令兄陈大人可好？您一定要为咱们这小地方留下墨宝哟，这真是巧喽，太巧喽。"

有一个词叫"语带春风"的，就是这个意思了。革命战争年代，我地下党同志在白色恐怖下见面了，热情地握着对方的手，有些哽咽地说"同——志！"热泪盈眶啊。张大善人差不多也就是这样了，特别激动。

"玉树临风"淡淡一笑（您看，又笑了）："家兄是有点忙，兵部就是事多。"

张大善人连连点头："尚书大人为国操劳，日理万机，日理万机！"

"玉树临风"说："张大善人没有看塘报吗？西北又有战事了！"塘报，就是报纸了，比如我家乡二十世纪六十年代的《武平日报》。

张大善人说："公子，您这是前往西北？"

"玉树临风"笑而不答。

老仆人说："上京赶考。"

张大善人早听说这汀江仁义门的陈家三公子文才了得，是前科乡试解元。乡试是明清时逢子午卯酉年的全省秀才"统考"，考试通常在八月举行，因此又叫"秋闱"。乡试第一名称即为解元。

时下,全省高考第一名,各级塘报说是"全省高考状元",这是错误的,应该说是"解元"。三年前,我家乡武平县一年内出了两个全省"高考状元"。"方状元"他爸老方是我的好朋友邓韶征作家的好朋友。一次喝酒,我的表弟请县领导和老方喝酒,大家一齐祝贺老方家出了状元,为家乡争了光。我也热烈祝贺了,我没有说这个"状元"其实应该称"解元"。大家高兴,家乡脸上有光,不能说。

我在写状元历史现实的时候,张大善人已经构思好了一首诗,他说:"陈公子,此番进京赶考,必定吉星高照,令乡梓山川增色。在下不才,口占一绝——"

"玉树临风"听到"一绝",眉头动了一下。

张大善人没有觉察到"玉树临风"神情的变化,高声吟诵道:"日头一出暖洋洋,陈家公子上京城;京城有个金銮殿,陈家状元系头名。"

这打油诗,不咋的,按客家话基本是押韵的,寓意好,是好兆头。"玉树临风"这次真的笑了,高兴地拍了一下张大善人的肩头,说:"张兄,好诗!好诗!"

拍肩头,是领导是大人物亲切关怀的一种具体的表示。那年,我的年轻的老领导吴部长亲切地拍了我的肩头,说:"小练,好好干!"语重心长,令我感念至今。

张大善人高兴极了,得意地扫视四周,目光所及,众人振臂高呼:"好诗!张大善人,好诗!好诗!"

喊声经久不息后,终于停歇了。

"玉树临风"说:"张大善人,你看这位女子?"

张大善人朗声说:"听凭陈公子发落。"

红叶深深鞠躬,好像是叫什么"万福",她说:"多谢公子相救,可否允许小女子随船同往汀州?"

"既然同路,有何不可?"说着,"玉树临风"又拍了拍张大善人的肩头,说:"大善人,谢了,小弟就此告辞,后会有期。"

多年以后,陈公子由翰林院编修出任汀州知府,和张大善人真是结下了不解之缘。这是后话,且按下不提。

在张大善人率领众人"高中状元""荣归故里"的阵阵高呼声中,"玉树临风"一行走向码头,解缆行船了。

"玉树临风"此番"上京赶考",是为会试。乡试次年,即丑、辰、未、戌年春季,由礼部主持各省举人及国子监监生在京城举行全国考试,又称"礼闱"、"春闱"。中试者为贡士,第一名称会元。贡士再经殿试,头名者即为状元。

"玉树临风"上得船来,取出一本书,名著《梁野散记》,在船头正襟危坐阅读,《梁野散记》,虽不能说字字珠玑,却是真性情,真文章,作者即三百年后的练某人对家乡的热爱令人动容。江涛声声,欸乃声声,两岸枫叶似火,芦花飞落。《梁野散记》正可解旅途寂寞。

"玉树临风"正读得津津有味,忽然闻得阵阵酒香。正要起身,老仆抱出一坛好酒,说是正宗的客家米酒"状元红",也不知道是谁送上船来的。"玉树临风"又笑了,他说:"这个张大善人并非浪得虚名,是个有心人呐。"说着,又埋头看书了。老仆说:"三大坛子哪。""玉树临风"挥了挥手,老仆退下了。

这张大善人还是有名堂的,八面玲珑。时下,领导下乡返程,早有基层同志将名优土特产提前送往领导专车后车厢。此前,领导同志是绝对不知道的,知道了是坚决不收的,是要提出严厉批评的。此后,是一声长叹:"这些基层同志啊。"此举,张大善人可算是前辈了。

　　古志记载,从汀江河头城上行至上杭回龙滩百十公里水路,有险滩百十处,两岸悬崖峭壁,中流急湍。

　　船行江中,逆水而上,经虎跳滩、折滩、小池滩、马寨滩、穿针滩、大池滩、小沽滩、南蛇滩、新丰滩、长丰滩、大沽滩、砻钩滩,进入上杭城西,惊险曲折,非止一日。

　　在上杭县城歇息一日,又开船前行,过三潭滩、锅峰滩、小磴滩、大磴滩、七里滩、目忌滩、栖禾滩、白石滩、濯滩、乌鸹颈滩、龙滩,就到了回龙滩。

　　回龙滩至汀州,江面开阔,波平如镜,坦途在前。

　　船泊回龙滩的一处浅水边。此时,月上中天,江面水光接天,远村隐隐,时闻犬吠。

　　"玉树临风"问红叶:"能饮否？"

　　红叶点点头。

　　于是,他们对饮"状元红",喝到月落西山,喝到三更鸡啼。他们都醉了,歪斜躺在船头。江上秋风寒冷,"玉树临风"醉眼蒙眬,将随身鹤氅披在了红叶身上,旋即呼呼睡去。

　　日出,"玉树临风"醒了,红叶无影无踪。"玉树临风"的那件鹤氅齐齐整整地叠放在船头,领口有什么物件特别晃眼。

　　您猜对了吗？是一片鲜艳欲滴的红叶。

玉箫郎君

腊月,薄暮时分,一位文士独自一人来到了云翔阁。

"云翔风月"是汀州八景之一,位于城北,远接卧龙山,临滔滔汀江。

彼时的云翔阁,极为清静,只有一位老斋公在不声不响地清扫落叶,哗啦一声,哗啦又一声。

老斋公就是那些"服侍菩萨"的普通老百姓,男性。又有老斋婆,不用说是女性。现在的闽粤赣客家地区,还有不少。那老斋公看到有一个人上了山门,好似啥子地方见过,面熟,又想不起来,只得闪过了一边。

"喂!清茶一壶。"文士向老斋公扔去了三枚铜板,铜板咣当当地滚落在扫帚旁。老斋公不悦,但还是为文士端上了一壶热气腾腾的梁野山上等云雾茶。文士就坐在那江风亭上,看着江面,木雕似的。

不久,又来了一个人,此人一袭白衣,腰间斜插一根洞箫,红丝带飘飘荡荡。如果用一句精确的词来形容,我想,只能是那个滥俗的"玉树临风"。

白衣人对老斋公笑了笑,径自来到了文士的身边,坐下,喝了一口茶,说,好茶,梁野山云雾茶。

文士把茶壶往白衣人一侧推去,说,喝吧。

白衣人却不喝茶了,解下洞箫,以白绸布轻轻擦拭,良久,吹出了忧伤的曲调。

老斋公听着听着,不知道是什么原因,他想哭。他跌跌撞撞地过来了,说,客官,客官,请您不要再吹了,我,我受不了啊。

那位文士却笑了,指着"云翔阁"的匾额说,不是云翔阁,要改,是云骧阁。

口气好大啊。老斋公想,不会是啥大人物吧?抬头,这两个拟似大人物却不见了。

老斋公有眼力,这确实是两位大人物。那位看似落落寡合的文士,正是汀州知府陈龙渊。龙渊巨阙,是宝剑,据说所向披靡,不过,眼下,龙渊知府却屡屡受挫,他派出的二批贡金,都在汀江水道的河头城一带被强人窃掠了,无影无踪。

列位看官,您可能要说话了,只听过古时贡银的,很少听说过什么贡金哪。原来,这汀州境内,有一个上杭县,县北,有座山,俗称"金帽铜娃娃",盛产金铜。这座山,就叫紫金山了。依例,汀州府年贡金三万两。

近年,汀江流域,盗寇咆哮。连续失手的陈知府,如果在正月三十日之前送不出贡金,眼看着乌纱帽不保甚至有性命之虞了。

江湖传闻,窃掠贡金者是一位黑衣女子,怀抱琵琶,妙解音律,江湖人称"黑牡丹"。江湖传闻,她的琵琶声可以杀人。陈知府重金招募的二批押送贡金的高手,就神秘地死在了"黑牡丹"的琵琶声中。

其实,关于"黑牡丹",另有隐情。于是,这陈知府就约来了那位文士。

这位文士大有来头,来自赣州,他是一名落第秀才,科场屡败后,精研音律,"洞箫横吹千山翠,姹紫嫣红万木荣"一句,就是赣州士林对他的评论。他的外号叫"白衣玉箫"或者"玉箫郎君"。

天将降大任于斯人也。龙渊知府选定的第三批贡金的押送首领，正是这个玉箫郎君。

次日，晨曦遍洒粼粼汀江。一组"鸭嫲船"队乘流而下，船上满载汀州名产"玉扣纸"。打头的船上，玉箫郎君迎着阳光，把酒临风，是那样的潇洒从容。

龙渊知府在临江楼上看着船队浩浩荡荡开出汀州城，松了一口气。

船队出汀州、入武北、往上杭城而去。

古志记载，从汀江回龙至永定峰市的百十公里水路，有险滩百十处，两岸悬崖峭壁，中流急湍。

船队穿过龙滩、乌鸦颈滩、濯滩、白石滩、栖禾滩、目忌滩、七里滩、大磴滩、小磴滩、锅峰滩之后，就来到了三潭滩。

三潭滩在三潭村，此村多货栈，汀江过驳船只，多在此停歇或过夜。

玉箫郎君传话，船队在此过夜。

在一处客栈，玉箫郎君吹了半炷香的洞箫。但见月白风清，四野寂静。一夜无话。

此日，船队又出发了，过上杭城西往南，穿过奢钩滩、大沽滩、长丰滩、新丰滩、南蛇滩、小沽滩、大池滩、穿针滩、马寨滩、小池滩、折滩、虎跳滩，就来到了河头城。

舟船到河头城，就此停泊。河头城以下，落差大，更有十余里巨石大礁，但见激流翻卷，吼声震天，山鸣谷应。因江流卷雪，恰似团团棉絮，故得名"棉花滩"。

"棉花滩"名看似温柔，实则险象环生，是汀江下行及韩江上行船只的绝境。绝境的两端，一为福建汀州河头城，一为广东嘉应州石市。上行船只货物，到河头城停泊，肩挑上岸沿山路运往

10里外的石市,再装船顺流而下;而溯韩江而上的船运货物,也由石市上岸,肩挑峰市再装船上行。

河头城依山傍水,商家云集,每日过往船只,号称"上河三千,下河八百"。

玉箫郎君的船队来到河头城时,已是夜色四合,远望山半河上,万家灯火,星星点点。

船工住船看护物品,玉箫郎君携随从十数人,飘飘然入住"云帆客栈"。有诗曰:"长风破浪会有时,直挂云帆济沧海"。他们把"云帆客栈"包了下来。

酒足饭饱,随从们早早歇息去了。玉箫郎君从腰间刚抽出玉箫,便传来一阵轻轻的敲门声。

开门,一位黑衣女子怀抱琵琶亭亭玉立在门口,微笑着望着他。

"清风明月,漫漫长夜,如此良辰何?"

"《阳关三叠》。"

"何如《春江花月夜》?"

"请。"

黑衣女子款款落座,转轴拨弦三二声,未成曲调先有情,接着轻拢慢捻,悠扬的旋律就回荡在孤寂的客栈了。

开阔的江面上,明月高悬,薄雾朦胧,一群曼妙的女子在月色下载歌载舞……箫声传来,似流水,似龙吟,似天边的彩云缥缈,让这群欢快的女子无端生出今夕何夕、人生苦短、韶华易逝的感慨。琵琶声来,洞箫声往,水乳交融,珠联璧合。

曲终。两人良久没有说话,只听江涛高一声低一声。

还是黑衣女子先开了口:"客官就是赣州白衣玉箫郎君吧?洞箫横吹千山翠,姹紫嫣红万木荣。"

玉箫郎君一怔，随即道："正是区区在下。嘿嘿，想不到如斯俗称竟然传到汀州潮州了。敢问女公子当如何称呼？"

黑衣女子笑了："什么女公子，江湖中人，无姓也无名。"

玉箫郎君奉上十两纹银："听君妙曲，三生有幸也。区区薄礼，不成敬意，万望笑纳。"

黑衣女子并不忸怩，接过纹银，笑问："客官出手如此阔绰，是要小女子一荐枕席吗？"

玉箫郎君正色道："岂敢，岂敢，岂敢唐突佳人！古有大唐红拂，复有大宋红玉，虽误入风尘，却建功立业于国家社稷。在下岂敢以凡俗之人视女公子哉？"

黑衣女子若有所思。

玉箫郎君见状，更是侃侃而谈："方今太平盛世，万民安居乐业，四海笙歌。正是吾辈大显身手之时也。礼乐者，乐者，礼也，礼者，乐也。"

一阵冷风吹来，烛光摇曳，黑衣女子衣着单薄，微微发抖。玉箫郎君取来一袭锦袍，披在黑衣女子身上。

黑衣女子投来感激的目光。

玉箫郎君把蜡烛拨亮了一些，继续说道："在下观女公子天生丽质，是为良玉也，岂是池中之物？若风云际会，他日必当……"

室外，突然传来三声猫头鹰的鸣叫。

玉箫郎君皱了皱眉头，说："若风云际会，他日必当……"

玉箫郎君的话戛然而止，因为一把飞镖闪电般地直穿其咽喉而过。发镖者不是别人，正是他正对面的黑衣女子。或许，玉箫郎君在扑向地面时，听到了黑衣女子转身离去时留下的最后一句也是恶狠狠的话"一介酸臭腐儒！"

就在《春江花月夜》琵琶箫声响起的时候,尾随玉箫郎君船队的另一支船队迅速将货物起岸,沿山路运往石市,再装船顺流直下潮州。这支船队的领头人是谁呢?老斋公。老斋公确实是老斋公,汀州知府陈龙渊将一把铜钱侮辱性地扔在地上,老斋公还是恭恭敬敬地奉呈了上等梁野山云雾茶。由此可见,此人冷静、沉着、有大勇,可用。玉箫郎君自命不凡、故作潇洒淡定从容,树大招风,正可为诱饵,拖住匪盗。此为"明修栈道",以便老斋公"暗度陈仓"。三声不祥的猫头鹰的叫声,是匪盗打窃失败的信号。那个精通音律的黑衣女子是谁?列位看官,您一定猜出来了。在此不赘。至于,河头城为何成为盗寇渊薮?且听下回分解。

第七辑

鸿雁客栈

此辑小稿多取自笔记小说及客家民间传说,注入或强化其客家因素,有几分传奇,几分浪漫。

葛藤坑

这一日，向晚时分，青山叠翠的石壁，阴雨连绵不绝。

弯弯的山间石砌路上，走来一位游方文士。

他来到路旁的古茶亭口，趑趄不敢入。亭内，有一位上山砍柴的村姑。

"好大的雨。"

"雨，好大。"

"进来避避雨吧。"

游方文士走进茶亭，茶亭檐桷残缺，雨漏如注，半壁的茅草葛藤伸入，挂着水珠。

雨下个不停，两人都不说话了。风声雨声远处的流泉飞瀑声，淹没了彼此急促粗重的呼吸。

蒙蒙雨幕，遮拦着远山近山。

狭谷中，有一前一后，一高一低的黑色雨燕，来回飞舞。

游方文士望着雨燕愣住了，一丝温暖的、鲜活的干草气息若有若无，使人想家，使人想起明艳的青衣红袖。

雨停了，他们彼此一笑，各奔东西。

十年后，唐乾符五年（公元 878 年），游方文士挥动大齐劲旅，转战南北，李唐江山在他急骤的铁蹄下颤抖呻吟。

大齐军由浙江衢州挥师入闽，沿途寨堡，凭险固守，大将军大怒，下令：杀无赦！遂一路闯关夺隘，锐不可当，所到之处，斩草除根,石头过刀。

这一日,大将军纵马枫树岭。

枫树岭下,逃难百姓,扶老携幼,踉踉跄跄。

一位少妇身背大儿,手牵幼子,远远落在后头。

此举岂不怪异?大将军打马赶到。

"背上何人?!"

"系……俺侄儿。"

"手牵何人?!"

"系俺……儿子。"

"为何以大欺小?"

"俺家大伯……只剩下这根独苗了。"

大将军一怔,似乎又感觉到那熟悉的气息,眼前浮动着十年前风声雨声中的那座残破古茶亭。

大将军长剑一挥,劈下一根葛藤。

"记着,插在门口。"

次日,大齐军浩浩荡荡挺进石壁。石壁村家家户户,葛藤摇曳。

此为葛藤坑。

决 斗

"三月三日,决斗梁野山。"

有财拿着挑战书,在屋子里来回走动。老婆在生火做饭,不

时以惊恐不安的眼神瞄一下丈夫。两个孩子却正在酣睡,长子福贵梦中还嘻嘻傻笑。灶间火光一闪一灭,米饭的清香弥漫着。

远处传来嘹亮的鸡啼。有财一口吹灭了油灯,推开窗户。一缕晨光透射进来。

老婆捧上一大瓷碗白米饭,中有两颗"太平蛋"。有财鼻子一酸,吃得很慢很慢。

吃完饭,有财怔怔地坐了一会儿,突然站起,扎紧布腰带,猛地从墙角操起长矛。老婆递过斗笠。有财说:"要回不来,照看好孩子。"老婆含泪点点头,哽咽着说:"菩萨保佑。"有财喉结上下滚动,说不出话来,扭头推门大踏步走去。

"豆腐哎,装豆腐啊"阿三叔公挑着豆腐担照常出现在小巷那头,叫卖声很是悠长。有财老婆无力地靠在门口,眼泪就流了下来。

梁野山决斗,源于去年正月初五的一桩事。有财是陈家庄狮班狮头,领打狮班往刘家祠堂拜年,恰好仇家洪家班也来了,于是双方斗技,洪家班输了。狮头洪大目乃名扬闽粤赣边的教打师傅,忍气不过,送来战书。陈家曾私下送礼打点,洪大目不买账,扬言若不如约来战,定要血洗陈家班。洪大目功夫了得,据说,往日决斗中,有八名好汉死在他的钩刀下。

梁野山是武夷山脉南端、南岭北端最高峰,闽粤赣边界江湖决斗,多选择此地,约定俗成。

陈家庄、洪家庄距山腰均庆寺,各有三铺路。

有财来到山脚时,太阳已有二竿子高了。在步云桥,一位老叫花伸手乞讨。有财二话不说,扔下一把铜钱就走了过去。

均庆寺外,各路江湖中人早已聚齐。洪大目和徒弟们在一边闲坐。有财走过去,低声说:"洪爷,我们不打了吧,我认输。"洪大目仰面朝天,手持小茶壶,笑着说:"什么?我没听清。"有财说:"洪爷,我认输。"洪大目扭头猛吐一口浓痰:"呸!"

正午时分,决斗就要开始了。大德方丈朗声宣读完生死文契,问双方各有何话说。洪大目抖动手中的钩刀,钩刀上铁环哗啦啦作响,洪大目说:"这就是话!"有财拖着长矛,结结巴巴说:"我死了,就别再打了。"大德方丈一声佛号,退下。

三通鼓响后,便是一声锣响,双方即兵刃撞击,打在一处,但见你来我往,招招杀手,满场冷气逼人。突然,洪大目看出破绽,一声大吼,钩刀一挥,直往有财后脖挂去。有财躲闪不及,挺长矛直抵对方咽喉。此时,钩刀回挂则必然牵动长矛前刺,长矛前刺则必然牵动钩刀回挂。双方僵立场中,凝固不动,冷汗湿透了衣衫。

场外看客,屏声息气,苦思良策。忽听那位老叫花哈哈大笑:"嘿嘿,岭下雄牛脱轭哩。"众人朝岭下一看,但见数头水牛悠然啃吃青草。

有财心头一亮,猛地蹲身沉桥、低头摔脱钩刀、上步挺身突刺,长矛直透对手咽喉而出。生死立决。

鸿雁客栈

黄昏时分,连绵群山雾霭沉沉,凄厉山风掠过萧疏林木,呜呜作响。

群山之间的某处缝隙,有一条羊肠小路,盘旋往复,此为汀

漳要道。

山顶叫坂寮岭。

坂寮岭上,有一间客栈,叫鸿雁客栈。

客栈有楹联曰:"两岸荻枫鸿雁影;满途荆棘鹧鸪声。"

鸿雁客栈有一位三十出头的女子,当垆卖酒,一袭白衣,纤尘不染,高耸的发髻上,插有一朵鲜艳欲滴的红牡丹。

风更大了,黄叶纷飞;天色更暗了,南山的飞鹰已不见了踪影。

该不会有人来了吧?

不。半山腰石砌路上,有两粒黑点,在缓缓向上移动。

走近了,是主仆两人,为首的是位年近不惑的男子,看他的神态,像个读书人,却更像是个富商。

"哎哟,两位客官,外头风大,快快进屋来。"

"可有宿处?"

"后厢房有干净房间。"

"好。可有卤牛肉?"

"有。"

"来二斤。"

"嗯,二斤。"

"可有猪胆肝?"

"有。"

"一盘。"

"嗯,一盘。"

"可有汀州油豆腐?"

"有。"

"来一碗。"

"嗯,一碗。"

"可有花生米?"

"有。"

"一碟。"

"嗯,一碟,客官还要点什么?"

"一壶酒。"

待商人在靠窗位置坐下,刚喝完一杯茶,女子就把热乎乎的酒菜一一端了上来。

长途跋涉,饥肠辘辘,主仆两人风卷残云,片刻把桌上酒菜扫了个精光。

商人唤来女子添酒加菜。

仆人不胜酒力,就跌跌撞撞地摸到客铺歇息去了。

商人自斟自酌,逍遥自得,似醉非醉地吟出一句"晚来天欲雪,能饮一杯无?"

女子见惯南来北往客人,陪酒也算是分内之事,就嫣然一笑,款款落座。

"这可是好酒啊!"

"客官有眼力,这是酿对烧。"

"何谓酿对烧?"

"冬至日,取山泉精选珍珠米酿造,色泽明黄,入口甜顺清香,滴酒挂碗。"

"嘀,真是滴酒挂碗。"

"此乃小店招牌酒。"

"好酒!好酒!!"

"客官,可是还要些酒菜?"

"再来一壶。"

说话间,室外北风怒号,屋顶沙沙有声。

"喂喂,什么响声?"

"下雪了。"

"下雪了?"

"下雪了,山间米头雪。"

商人推窗,但见残月当空,四野茫茫,一片雪白。

冷风袭来,女子一个寒噤,酒壶失手落地。

商人急忙掩窗,咝咝吸着冷气。

"碎了?"

"碎了。"

"你家掌柜……该怪罪你了,我赔。"

"不……"

"我不该推窗。"

商人留下三两纹银,嚷着好酒好酒,手持蜡烛,摇摇晃晃地拐入了后院。

次日,风静雪霁,日上三竿之时,主仆两人歇足了劲,又上路了。

走出店门百十步,女子就追了上去。

"客官,可是前往漳州府?"

"正是。"

"可否将此物,捎带给悦来客栈掌柜的?"

物件为两头对接的竹筒,当是乡间捕鼠器。

"好吧,你尽可放心。"

"小女子谢过。"

"区区小事,何足挂齿。"

主仆两人风餐露宿,赶赴漳州,途中,遇上几拨精壮人马,目露精光,凝视竹筒良久,又呼啸而去。

漳州悦来客栈里,掌柜接过商人送上的竹筒,随意扔在了一边。

"阁下可识得吕三娘?"

"吕三娘?"

"阁下囊中百两黄金没事吧?"

"您……"

掌柜朗声大笑过后,自顾拨弄算盘,不再言语。

商人怏然退出,随即恍然大悟:竹筒对接,为两口,两口为吕,鸿雁客栈女子即是纵横闽粤赣的侠盗吕三娘也。

商人此去漳州,乃是捐官,百两黄金捐得某县知县一职,任期内鱼肉百姓,横征暴敛,三年后,又重金买通上司,打通关节,晋升汀州知州一职。

上任之日,护卫人马浩浩荡荡,威风赫赫。

途经坂寮岭,鸿雁客栈,已成废墟。知州下轿,回想三年前寒夜风雪,正自感慨沉吟,突然一道白光一闪而过。

左右侍卫,见知州大人僵立不动,大惊失色,细看,颈脖口,齐齐整整划有一圈红线。

针 刺

闽西南崇山峻岭之间,浩浩汀江水路破隙而出,九曲十八弯,缓缓南流到一个叫棉花滩的地方,突然水势涌汹,奔腾咆哮,

飞落百丈悬崖。

南下梅州潮州、上溯汀州赣州的粮船盐船，有"上河三千，下河八百"，到此只能停步不前，驳肩转运，驳肩转运处，人货辐辏，久而久之就有了个繁华集镇，人称峰市。

峰市渡口，店铺相连，自不必多说，单说有个和记小酒店，店主是个精壮小伙子，姓钟，名富祥，人称阿祥。

这日黄昏，天气异常闷热，成群结队的红绿蜻蜓飞来飞去，密匝匝的大水蚁在炉火四周打转。

黄泥小火炉在葡萄架下，紫砂壶正咝咝有声，冒着热气。

阿祥将一盆清水猛地泼在店门前的青石板上。

"嘿，狗东西，泼湿人家哩。"

说话的是一位跛脚老人，住对岸白云道观，每日这个时辰，准会来沽半葫芦水酒。

"哟，是六叔公。"

阿祥称他六叔公，是按钟姓辈分，其实六叔公是广东潮州人氏，三十多年前途经峰市，留了下来。

"酒。"六叔公将八枚铜钱拍在柜台上，扔过酒葫芦。

"今日是李家寨新出炉的好酒，叔公真有口福。"阿祥用竹筒量好酒，递了过去。

"六叔公，来杯茶？"

"有啥好茶？"

"云雾。"

"梁野山云雾？"

"正是。"

"来一杯。"

说是来一杯，其实是喝个够，酒能醉人，茶也能醉人。

两人就坐在了葡萄架下石凳上,慢慢喝茶。

江岸边,停泊着许多船,在船上过夜的人,已张挂起灯笼,火光映着江水,一波一波地闪烁。

"阿祥,明日,俺要走哩。"

"走哩,走哪里?"

"潮州。"

"回家去?"

"哈,还有什么家,去紫霄宫。"

"噢。"

"这些年头,酒,不掺假,实在。"

"做生意,图个信誉招牌。"

"说得是。"

"是。"

"你每日,还多给半勺酒,当俺糟老头不晓得。"

"本家梓叔,本家梓叔。"

"这些年,还练功夫?"

"连城巫家拳。"

"是真家伙,南少林的,看你走路模样,俺也猜个八九分。"

"叔公……叔公也会拳脚?"

"俺这条腿,怎么跛的?"

"这……不晓得。"

"要听么?"

"算了,算了,叔公您还是不说的好。"

"老侄哥,要说给你听。"

"叔公……"

"老侄哥,俺明日就走了,你好好听听,记着。"

六叔公就这样一边喝茶,一边讲起了他的故事……

那是清光绪末年,阿六(六叔公)在汀州卧龙山学艺,十年苦练,就有了副好身手,同辈师兄弟有十八人功夫最好,人称十八郎。

十八郎出入江湖,威名赫赫,闽粤赣边,罕逢敌手。

这年寒冬,广东汕头来了一趟镖银,为首的是夫妻两人,传闻是罗浮山派的好手。

入闽省境,头一日在武北当风岭观音庵歇足打尖。

十八郎志在必得,倾巢而出。

阿六善轻功,先行探路,飞身伏在屋顶上。

观音庵右侧厢房内,一灯如豆,一位妙龄女子正自顾纳鞋底,她的身边,一位男子呼呼大睡。

一长溜的银车就停放在床榻旁。

女子一直不紧不慢地飞针走线,时不时用铁针抹抹头油,时不时刺一刺窗户。

阿六心头着急,师兄弟怎么还不来呢?此时不出手,更待何时?

这时,女子起身叫道:"梁上君子,该下来了。"

阿六一惊,知道逃不了,就揭瓦飞身而下。

女子推开窗户,指向庭院说:"你的同伙就留在这里了,我的丈夫脾气不好,一旦醒来,你就没命了。"

阿六强忍悲痛,借着烛光,检视师兄弟伤处,见人人眉心,均有针刺痕迹。

临走,女子说:"窃赈灾银车,罪不可恕;留你活命,是为布道。"

男子呼呼翻转身,又睡了。

阿六猛然感到右腿一阵刺痛,这轻功算是废了。

女子又说:"快走,还能回家。"

阿六走到峰市,就走不动了,白云道观一尘道长救了他,但右腿还是跛了。

阿祥听着听着,茶壶在手中颤抖,茶水洒落满桌。

江风徐来,炉火明明灭灭。

"后来呢?"

"后来,俺就和老侄哥一块喝茶。"

"对,对,喝茶,喝茶。"

"喝茶。"

铁 丸

"果然引出来了,好兄弟,看你的了。"

知县端坐在官轿上,纸扇挥指处,但见悍匪游骑呼啸扑来。

"遵令!"张捕头一抱拳,挥动陌刀,如离弦之箭,率三十六捕快,催马迎击。

两强相遇,杀声震地。

张捕头撞上匪首,捉对厮杀,从马上打到马下,激战方酣,突然,匪首一个虎扑,跃入深沟,与此同时,一颗铁丸直奔张捕头后脑,张捕头辨得风声,陌刀一架,碰飞铁丸,随即也扑入深沟。

匪首摔断脊椎,力不能敌,遂束手就擒。

张捕头百思不解,匪首功夫与自己不相上下,何以突然间扑

入深沟？逼问再三,匪首不答,只是一个劲地冷笑。

剿灭山寇,凯旋班师。

是夜,县衙大院张灯结彩,排出庆功宴。

众捕快大碗喝酒,大块吃肉,豪气干云。知县笑容可掬,要敬诸位弟兄三大碗,博得满堂叫好。喝到第二碗,大院古柏树上,惊飞起一只乌鸦,盘旋夜空,怪叫声声。

知县大怒,捡起八仙桌上一块碎骨,一弹指,乌鸦就栽落下来。

"好!"

众人齐声喝彩。

知县已有几分醉意,摆摆手说,雕虫小技,献丑了,献丑了。

张捕头抱着大酒坛,摇摇晃晃地过来,非要敬知县大人不可。

知县大笑,就说,你,可要喝光了？

张捕头说,喝,我喝!今儿个高兴,喝!

张捕头真的就把一大坛子酒给喝光了,喝光后,人就软在桌旁。

知县大人笑着走开了。

几位好兄弟骂骂咧咧地扶着张捕头回到捕房。

一入房,张捕头就醒了,双手推开左右兄弟,低声说,快,备马,走!

张捕头漏夜率几位兄弟快马出逃,遁入大山。

原因很简单：脑后铁丸,乃知县射出,匪首迎面见知县发弹,急忙扑入深沟,殊不知乃虚惊一场,自伤脊椎;铁丸的真正目标,却是张捕头,兔死狗烹,是以冷笑。

十三郎

　　十三郎排行第十三,九莲山下人氏,南少林俗家弟子,善射,强弓在手,百步穿杨,江湖人称"小李广神箭。"

　　古汀漳路崇山峻岭之间,常有悍匪咆哮,洗劫商旅,行人视为畏途。十三郎出,凡数战,群匪尽落下风,遂不敢撄其锋。

　　突然有一日,十三郎厌倦了江湖杀伐,回乡种地去了。

　　汀漳山路,又成了黑道的天下,为首一人,人称燕子吕三郎。

　　各商会纷纷来请十三郎复出。十三郎架不住老朋友们的三番五次苦苦哀求,就半掩柴扉,重操旧业。

　　这一日,春风拂面,细雨霏霏。十三郎及盛德镖局人马护送商队,由漳入汀,走老路,途经坂寮岭。

　　坂寮岭逶迤奔走,山腰山顶,烟雾萦绕。

　　猛听一声锣响,四周杀奔出大股悍匪。

　　盛德镖局数十位趟子手处变不惊,快速稳住阵脚。

　　十三郎抽出强弓。"嘣"的一声,弦断!正诧异间,飞骑逼近,十三郎失去顺手兵刃,苦战不敌,被擒获上山。

　　群匪将十三郎严严实实地绑在山神庙石柱上,又呼啸下山,追击商队去了。

　　十三郎悔恨交加,闭上了眼睛。山下杀声动地,激战方酣。商队在劫难逃吗?弓弦怎么断了呢?谁做的手脚?盛德镖局吗?正胡思乱想之时,十三郎听到一阵轻微的响声,睁开眼睛,就看见

一位明艳照人的女子,薄雾飘过,几分神秘。

女子说:"你就是十三郎?"

"在下行不改名,坐不改姓。"

"我是压寨夫人,一位苦命女子。"

"哼,那我就是苦命男子了。"

"我要救你。"

"为何要救我?"

"助我脱离苦海,送我回家。"

"好!"

女子抽出尖刀,唰唰两声,割断绳索,又找来马匹、器械,两人飞驰下山。

两人纵马狂奔了百十里地,就来到了一个有棵大榕树的僻静山村,拍开一户人家门扉,出来了一位白发苍苍的老太婆。

适逢老人的儿子随儿媳回娘家省亲去了,就留下他们。

吃罢地瓜稀饭,闲聊了几句,老人就去歇息了。

农舍新房,繁花满树的夜晚,浮动着暖暖甜甜的气息。

女子吹灭油灯。

十三郎端坐在椅子上,一动也不动。

半夜,起风了。

十三郎起身关好窗户,重回椅子上端坐。

风过疏竹,蛙声起伏。

星光透窗渗入,女子一转身,被子滑落地板。十三郎扭头走出室外,徘徊不止。

女子睁开眼睛,又闭上了,她听到了响遍整个下半夜的沙沙脚步声。

三天后,两人抵达泉州。在一处深宅大院的门口,十三郎一抱拳,转身默默离去。

女子倚门一笑,说,还是回家种地去吧。

十三停了停,说,我这就去。

"小李广神箭"十三郎为何要回家种地?因为,他早已明白,所谓压寨夫人苦命女子,其实,就是纵横江湖的侠盗吕三娘,世人不知,误为吕三郎。试问,谁能两刀割断纵横交错三浸三晒的牛筋绳索呢?森严山寨,又为何空无一人?那么,吕三娘又为何要与十三郎一同出逃?因为她要探查盛德镖局沿途明暗站点。"大盗"行事,多半匪夷所思。

夜行船

这是二百多年前的一个深秋傍晚时分,九龙江笼罩在一片迷迷茫茫的烟雨之中。

一艘货船顺流而下。

船上,有一位看似儒雅的年轻富商,手持斗酒,凭窗远眺,他的身后,肃立着两位精壮仆人。

"山雨空蒙,乱珠入怀,好个秋江行船。"

富商正陶醉间,岸边传来一阵阵呼喊声。

循声望去,但见一位穿蓑衣、戴斗笠的老者,手持二尺余长的旱烟杆,踉踉跄跄沿江岸追赶货船。

富商顿时起了恻隐之心,喝令船老大停船,船老大说两岸崇山峻岭,百十里内荒无人烟,多有匪盗出没,恐其中有诈,不可不

防。

　　富商自恃有金钱镖局八大高手护卫，一笑了之。

　　老者上得船来，就道谢不迭，说是要去漳州，运气好，搭了个顺风船。

　　富商见老者一逼邋遢模样，皱了皱眉头，赏给一壶酒驱寒，一挥手，叫他退出去。

　　老者说："公子，您的恩德，老朽定当报答。"

　　富商笑了："老吾老，以及人之老，我看这荒山野岭，风雨交加，就怜惜你这老者，举手之劳，岂望报答？"

　　老者一听，怏然告退。

　　约莫过了一个时辰，风停雨歇，夕阳在山，斜射江面，浮光耀金。富商想起这趟生意，一入漳州，就有千把两银子进账，正暗自得意，忽听舱壁砰砰连声，大为扫兴。此时，老者怀抱酒壶，抢入舱内，大叫有好酒岂能无好菜，欺人太甚了！

　　富商说："此人醉了，扶下去罢。"

　　两位健仆挟持老者，推入隔舱，老者兀自大骂，不久，骂声渐息，鼾声起伏。

　　健仆说："不识事体的老头，扔下算了！"

　　富商说："这又何苦？"

　　船过金沙，夜宿深山河湾。

　　富商问船老大，何以不投宿浦南村？

　　船老大说："前有险滩，夜船难行。"

　　隔舱如雷鼾声，吵得富商寝不安席，想到此乃可怜老者，富商又不忍斥责，于是独坐长吁短叹。

　　鼾声忽停，富商松了一口气，侧身而卧，不料不到半炷香功夫，鼾声又起。

忽听舱外人声嘈杂,火光映射。富商正自诧异,船老大手持尖刀,破门而入。

船老大说声得罪,老鹰抓小鸡似地将富商拎到船头。

船头,被五花大绑的健仆,瘫在船板上。金钱镖局八大高手及货船伙计,各操兵刃、持火把,屹立不动。

船老大狞笑说:"这位公子,吃刀削面呢,还是混沌面?"

富商长叹一声,闭上了眼睛。

突然三声炮响,两岸火光齐明,数十名捕快强弓劲弩,锁定货船。

一位老者飘然出列,手持二尺余长旱烟杆,朗声大笑:"公子,别来无恙啊?"

玉面飞狐

烛影摇红,喧闹的唢呐声平静了,贺喜的宾客散去了,简陋的洞房内,孤儿阿三面对亭亭玉立的新人,呼吸变得格外粗重。

窗外,是一轮皎洁的圆月,一棵繁茂的桂花树,落叶有声。

阿三颤抖着双手揭开了新人的红盖头。

"啊!"

如此佳人,不会是仙女下凡吧?

新人玉儿粉面飞红,眼角含笑。

阿三说:"娘子,俺们就……就歇息了吧。"

玉儿说:"俺们家守着几分菜地,一贫至此,郎君且稍等片

刻,俺去借些财宝回来。"

阿三大惊:"你莫非果真是玉面……"

玉儿道:"不错,俺们爹娘指腹为婚的媳妇儿,正是玉面飞狐。"

阿三说:"咋这么急呐?"

玉儿说:"今天是好日子。"

阿三说:"可千万莫有闪失,俺等着娘子回来。"

玉儿一笑,一闪即逝。

半炷香后,阿三还在呆坐着,怔怔地望着一寸一寸燃尽的红烛。

忽背后吹气如兰,阿三回头一看,玉儿站在身后吃吃窃笑。

次日,阿三上街转悠,听得街市上传出惊人的消息,说是三十里外赵家堡恶霸堡主大院昨夜失窃,飞天大盗乃玉面飞狐,一照面之间,即射杀两名家丁。赵堡主横行乡里,怎咽得下这口气,悬赏千两黄金,捉拿盗贼。

阿三急奔回家,媳妇玉儿正在灶间生火做饭。麦饭的清香,弥漫草屋。

阿三说:"你没事吧?"

玉儿一笑:"身为人妇,金盆洗手了,不会有事的。"

阿三长吁了一口气。

这一日,玉儿早早出门,上街卖菜,日暮时分,急急返回,一进家门,就倚在柱子上大口大口地喘气,胸脯起伏不止。

阿三端上一碗茶水,玉儿接过,一口喝干,恨恨道:"樊七,好个樊七!"

樊七是捕头,在南七北六十三省江湖上大名鼎鼎,奉调至此协查赵家堡窃金杀人案,一上手,就搜获得了玉面飞狐的踪迹。

这次,玉儿使尽解数,方才摆脱追踪。

阿三说:"今后俺去卖菜,你待在家,啥地方也甭去,啊!"

玉儿点点头,眼泪就涌了上来。

次日,阿三从菜园拔得一担鲜嫩青菜,上街去了。

刚到菜场,就被一高一矮的两个公门中人硬"请"进了临江茶楼。

阿三结结巴巴地说:"两位大哥,俺要卖菜哩。"

高个子说:"俺们全买下了。"

阿三说:"一担十个铜板,中不?"

矮个子大笑:"给你二十个铜板。"

阿三说:"赶明儿,俺再送一担补给大哥。"

高个子说:"没有明儿了。"

阿三说:"咋会没有哩?"

矮个子说:"你媳妇是玉面飞狐。"

阿三大喊:"冤枉啊冤枉,俺玉儿……"

高个子大喝一声:"住嘴!"

矮个子说:"兄弟,你还执迷不悟,俺哥们这是救你,救你媳妇!"

阿三说:"咋个救法?"

矮个子说:"取出财物,就没事了。"

阿三信了,带着两个公门中人,往家里去。

到家了,媳妇玉儿正坐在门槛上缝补衣服。

阿三流着泪说:"玉儿,咱们还了人家财物吧。"

玉儿不说话,一针一线,细细密密地缝着,良久,她打好一个结,咬断针线。

公门中人静静地站立一边,高个子说:"玉面飞狐,上路吧。"

玉儿说:"唉,我早知道会有这一天。"

玉儿将衣服递给阿三,凄然一笑,就上路了。

县衙公堂,县令在众衙役层层护卫下,提审五花大绑的玉儿。

玉儿长叹一声说:"俺玉儿自出道以来,纵横江湖,不想竟栽在樊七手中,这樊七,莫不是神仙?"

忽听一阵哈哈大笑,屏风后转出一位干瘦矮小的老头,手持三尺来长的烟杆,悠悠然踱了过来。

"鄙人正是樊七,非神仙也,阿三就是……"

玉儿大喊一声好,口中飞出一根银针,直穿樊七咽喉。

点血型

我到达望江亭时,是一个春雨蒙蒙的午日。

汀江、梅江、梅潭河穿越了闽粤群山在此交汇,此地就叫成了三河坝,也叫汇城。

汇城原是粤东重镇,城墙高厚。如今的城墙,已经破败不堪,堞口上摇曳着一丛丛茅草。

千帆云集的景象远去了,四通八达的陆路交通基本终结了汀江韩江水路繁忙的航运历史。江阔天低,一条载沙船在缓缓滑行,隐隐约约的马达声传来。

望江亭内,还有一位卖荸荠的老人,他快捷而迅猛的削皮刀法,容易让人联想起隐居此地的世外高人。然而,我非常明白,他不是,他只是闲时做做小生意的当地老农。

"点血型"的故事,就发生在这里,那是一个非常遥远的故事了。就算是站在这里,我也很难还原出当初的情境,沧海桑田,时间会消磨一切。

家族传说中,有一个重要的节点,望江亭。也就是现在我站立的这个位置。那时,江湖中人——把戏师——我的六叔公正当盛年,这一个墟天他生意兴隆卖完了所有的狗皮膏药,收摊后,打发徒弟先回了客栈,独自来到了望江亭,掏出一把花生米,慢慢品尝。

也不知道什么时候,望江亭上来了另一群人,他们兴致很高,指指点点的,其中一人,吟了一首诗,其中一句是:"三河坝水到潮州,一年四季水长流。"众人一片叫好,六叔公却忍不住笑出声来。

那人慢悠悠地踱了过来,说,花生米好香哪。六叔公说,糠酥花生呐,您尝尝。那人说,多谢多谢,我牙口不好,没有这个福气哟,多谢,多谢了。说着,那人向六叔公摇摇手,走了,同来的那一群人手忙脚乱地跟了上去。

看那个架势,这一定是个人物了。六叔公后来对我们这些家族后辈说,我好后悔啊,人家吟诗作对,与我有啥相干呢?三河坝的水,是流到潮州的嘛,还能流向上游的汀州不成?一年不就是四季吗?水不是一直在流吗?断了不成?自古以来,还没有断过呢,那不是"一年四季水长流"吗?我为什么笑呢。我嘛,你们六叔公,跑江湖的,走遍江广福,势风还是看得出来的嘛,人家越客气,我这心跳得越厉害。我那狗皮膏药不是正好卖吗?我想啊,再卖一墟,回家去。不料,就这一墟,出事了。

三河坝三日一墟,三省边界客商云集。周边客家人提起三河坝墟,都说"系还漾哪"。"漾"就是热闹了,摩肩接踵好比韩江之水"荡漾"。

把戏师六叔公和徒弟早早地在汇城墙角下挂起了卖狗皮膏药的招牌锦旗,"家传秘方"、"妙手回春"琳琅满目。接着,敲锣,吆喝,做把戏,都是些老一套了。这一墟,看热闹的人多,买狗皮膏药的人少,怪了。六叔公打起精神,正要施展"空手捉飞鸟"的绝活,忽听徒弟一声惨叫,被人一掌摔向墙角。来人拿着一块狗皮膏药,说,是不是你家的?六叔公接过,说,货,是我们百草堂的,朋友,干吗打人呐?那人不说话了,猛地一掌劈来,六叔公接过。那人一下子脸色变了,捂着胸口要走。六叔公扔给他三粒药丸,说,一日一粒,三日后,麻烦你到闽西千家村走一趟。

六叔公和徒弟收拾好摊子,看热闹的纷纷闪开了。人群中有好事的悄悄说,不敢动喽,点了血型呐,三日啊,他们回不到千家村,他的人也难说喽。

第八辑 凤栖楼

家乡武邑,多奇人奇事。参以虚构,连缀成篇。曰『凤栖楼』。

凤栖楼

这日黄昏，阿财从古镇兴隆当铺回家，走过翠柳古桥，往西一拐，即走上了石砌路。石砌路伸向三铺半外的山脚，山脚下则是一个叫松山下的村落。

民国二十三年秋天的斜阳懒洋洋地照在阿财的身上。秋风起，河岸芦花飞落，层层山间梯田翻涌着阵阵稻浪，南岭山顶有苍鹰盘旋，禾雀子鼓噪归巢。这年头，地处闽粤赣三省要冲的古镇，常成为百十股土匪贼盗的袭击目标，零星枪战，无日无之。阿财一路走来，未遇上一个行人。此时，他看到了松山下那平静而舒展的袅袅炊烟。

推开家门，媳妇正抱着一大把柴草走进厨房，阿母却在庭院内赶鸡子入笼。阿财捏了一把媳妇，媳妇忙把他的手扯开，朝庭院张望了一下，飞红了脸。

阿母在庭院外说："阿财，文凤伯搭话，喊你食夜。"

阿财应了一声。

文凤伯是阿财的亲大伯，是松山下陈家庄唯一的晚清秀才。有道是读书落魄算命医药，文凤伯却有一手看风水行地理的绝活，名动诸边，闲时云游四方踏遍青山，居家则以种花植树吟诗作对自娱。

阿财穿好中山装，别上一支自来水笔，出得家门，天色已晚了。

转入后山,走了一程,爬上九九八十一级石阶,便来到了凤栖楼土堡。

　　古镇一带,鸡鸣三省七县,地势险要,十万大山,兵戈四起,故民风粗犷,一俟秋谷登场,木材下山,即家家户户购置枪弹,积蓄渐丰,便构建土楼,邻里互为犄角,守望相助。民谚云:"出门不带刀,不如家中坐"。又云:"大围楼,大土堡,土匪来,拔根毛。"

　　土堡门前,有位粗汉兀自坐在石阶上吸烟。此人叫蛮古雕,系粤东人氏,前年偷牛事发,送官途中,逢到贵人,文凤以三百袁大头救出。蛮古雕长跪不起,铁定心肠,跟了文凤。

　　蛮古雕见阿财来了,说声凤伯等你呐。

　　阿财喊声伯,便来到了土堡厅堂,但见香桌两边太师椅上,端坐着凤伯和一位瘦子。

　　这位瘦子模样很是斯文,金丝银镜配怀表,灰布长衫,一尘不染,一只戴白手套的手优雅地捏着火纸,轻轻一吹,火纸吹出火,咕嘟咕嘟地吸起了烟。

　　阿财一惊,此公大有来头,莫不是威震八方的兰亭先生?兰亭先生亦是晚清秀才,为凤伯同窗,琴棋书画,十分了得,比凤伯尤有过之。辛亥那年,闻风而动,率家乡八百子弟,走州过府,饱掠一番后,散尽部众,解甲归田,隐居梁野山下,而号令一出,闽粤赣周边三省七县百十股杆子,莫不唯马首是瞻。传闻历任县长,下车伊始,即备厚礼往山中问计,名曰访贤。又传闻此公一年四季,均穿皮鞋洋袜戴白手套着灰布长衫架金丝银镜挂瑞士怀表,人称此为大先生派头。

　　文凤伯说:"侄哥,这是兰亭先生。"

　　阿财叫声先生,上前斟茶。兰亭先生抽完烟,长舒一口气,笑眯眯地打量了阿财一番,说:"闲时读什么书啊?"

阿财说："三国。"

兰亭一笑："真三国假西游风（封）无影水无踪呢，还看什么哎？"

阿财说："唐诗。"

兰亭又笑："晤，好啊，熟读唐诗三百首，不会作诗也会吟。会打枪么？"

阿财说："凤伯不让打。"

兰亭说："好，兵者，不祥之器，圣人不得已而用之，读书好。"

说话间，八仙桌上已佳肴飘香。兰亭、文凤伯谦让一番后，分宾主坐定。君子之交，绿茶代酒。阿财作陪，照顾茶水。

席间，谈笑风生，兰亭又问了些诸子百家楚辞汉赋一类的话，阿财应对自如，兰亭频频点头，说孺子可教也。阿财一时得意，便伸出筷子挟了兰亭面前的鸡肉，文凤用筷子猛敲阿财，骂声不懂规矩。兰亭呵呵大笑，便挟起鸡腿往阿财碗中去。文凤见状，又挟回去，说莫惯坏小辈。双方一来一往，如此再三，末了，鸡腿还是放在了兰亭的碗中。

吃罢饭，再上茶，桃溪茶换成梁野山极品云雾茶。兰亭初闻茶香，连声称妙。两同窗谈兴甚浓，说些文坛掌故奇闻轶事，很是风雅。兰亭突然问何处为佳？文凤说龙行千里到此回头云卷云舒南山朝斗。兰亭想了一会，说声高明，便告辞了。文凤送出了老远。

送客返回，文凤便拿出两颗乌黑药丸，叫阿财尽快吞服，又将剩物连同碗筷茶器烟筒等一同倾入箩筐，叫阿财搭手抬往后山埋了。

回土堡路上，文凤问："侄哥，知不知为何以茶代酒？"

阿财说："君子之交淡如水。"

文凤问:"为何筷子打你?"

阿财说:"小侄挟过河了。"

文凤问:"为何吃药丸?"

阿财说:"补药么?"

文凤又问:"人家为何这等装束?"

阿财说:"大先生派头。"

文凤再问:"埋东西又为何?"

阿财说:"伯看不顺眼。"

文凤说:"唉,别人不知,我何尝不知!多年不来,何必再来!"

阿财吓了一跳:"伯,你说什么?"

文凤说:"无事,夜深了,侄媳等你呢。"

阿财想起了媳妇飞红的脸,心中一动,就说伯我回去了。

文凤一笑,说:"伯今夜吃多了,明日的饭也不想吃了。"

阿财一听,欲言又止,便沿台阶走到山脚,回头看见凤伯仍静静地提着穿箩筐,在石阶上、凉风中、在溶溶月色下。

松山下村犬吠此伏彼起,房前屋后,秋虫唧唧,远山隐约,涧溪有声。

半夜,阿财正和媳妇细声说话,突然从山背土堡那边传来断断续续的炸响。媳妇说谁家妹子嫁人了,阿财静听,不吭一声。媳妇又说谁家后生娶婆娘了,阿财却失声痛哭:"凤伯啊!"

阿财与众亲房叔伯操家伙火速冲入凤栖楼土堡。匪贼远飏,凤伯全家遭难,独不见蛮古雕。

众人破口大骂偷牛贼狼心狗肺恩将仇恨,将举族追杀,决不宽恕。阿财却返回家中,将所有的书籍烧了,片纸不存。

三个月后的一天,有人发现了蛮古雕、兰亭先生及其两个神枪马弁铜铁疤头横卧南山朝斗,兰亭先生常年不离手的一双白

手套却抓在蛮古雕手中。人们发现,兰亭先生双肩和心窝各中一弹,尚有鲜血流出,手掌溃烂红肿,五指齐平。

积善堂

这古镇名曰武所,即"武平千户所",位于闽粤赣边崇山峻岭之间,地势险峻,控扼汀江、韩江水路要冲,古来为兵家必争和山货集散地。

古镇形胜,闻名遐迩,中有"一树遮三城"景观。树下有一巍峨恢宏的五凤楼,五凤楼门楣上赫然以颜体字书写着一行镏金大字"积善堂"。传说出自明朝开国元勋诚意伯刘基刘伯温先生手书。积善堂堂主谓谁?乃明初闽西神针二十三代传人张神针是也。

积善堂数百年英名不坠,誉满闽粤赣边,乃是岐黄之术高妙所致。几多游方郎中杏林高手暗藏杀机,千里迢迢来古镇所谓切磋医技,实则多半是来踢场子也。古镇这块繁华风水宝地,有本事的谁不想在此大展风云?但数百年来,来客纷纷,无不落荒而走。数百年风风雨雨的吹打,积善堂三字,依旧金光闪闪。

话说张神针常年一袭布衣,长髯飘飘,满脸红光,慈眉善目,寅时即起,窗户四开,走完一趟传自张三丰祖师的武当太极拳后,稍事洗漱,即端坐于积善堂布满华佗再世江南神针一类锦旗的大厅正中太师椅上,或诵奇经八脉道可道非常道,或诵环滁皆山也臣本布衣躬耕于南阳,或闭目养神参悟玄机。此时,天大的事不管,若有人擅自闯入,必严词训斥,绝不留情。有一新仆好意送茶,蹑手蹑脚,甫一入门,端坐太师椅默想玄思的张神针双目暴射精光,如先祖燕人张翼德长坂坡威风,大喝一声:"杀人强盗,滚!"新仆惊怖,茶具落地,一副落汤鸡相,跪地苦苦哀求,张神针头也不回拂袖而去。当日,此仆卷铺盖走人。

张神针治病救人,神验异常,妙手回春。这不仅仅是家传秘方金字招牌吓人,真功夫硬功夫还是有的。话说古镇三省通衢,圩天自是人如潮,货如海。一圩日正午,古榕树下,人群里三层外三层密密麻麻,喝彩声不断,如雷贯耳。这可惊扰了积善堂清静,弟子小三仔来报,那汉子了不得。接连三次,张神针依旧端坐如故,不动如山,慢悠悠地替一位老者望闻问切,最后,轻轻提起羊毫,濡墨铺纸,气定神闲,用端端正正的颜体字写药方,嘱咐伙计抓药,然后,客客气气地送老者出积善堂,顺便踱出了门。

但见古榕树底下,一位精壮的客家汉子,一身短打,精神抖擞,正摆开四平马,左手食指徐徐推出。正面是一位病恹恹的山民,光着脊背浑身颤抖。随精壮汉子的运动,山民的光脊背显出一块黑紫色的斑痕,黑气蒸腾直上古榕树顶,盘绕不去,良久,黑斑无影无踪。汉子收功,长呼一口气问道:"老哥,好些了吗?"山民道:"咦,舒服多了。"众人道:"伤症都断根了呢。"山民惊喜:"是有伤,断根了?师傅好功夫。"山民掏出五块铜板过去,汉子二话不说接过,无意间看到一位挑箩担卖地瓜者,汉子叫道:"哎,番薯卖不卖?"此人停下箩担说:"卖呀。"汉子问:"几多钱?"此人答:"论斤论两还是论担?"汉子说:"论担。"此人说:"二十块铜元一担。"汉子说:"我带箩担家伙一同买了。"此人说:"那要二十五块铜元。"汉子从腰带上取出二十块铜元,加上手头五块,一齐递上。此人赶紧抓过铜元,走开时说:"嘿,识货,大红心番薯,甜!"

汉子嘿嘿一笑,转身拍了拍山民肩膀说:"挑上,走上三步看看。"山民支吾不敢动。汉子微嗔:"你还想不想治断病根。"山民说:"想呀。"汉子说:"挑。"山民咬咬牙,挑起担子连走三步,嘿,神了！神啊！汉子笑道:"你奉了个人情场,一箩担番薯搭箩担家伙送你了。"山民大喜,不知所措。汉子大声说:"走哇。"山民挑起番薯,健步如飞,窜出圈子。

众人齐声喝彩。

"啪嗒"一声,八根棕索齐齐断开。山民惊回头:"哎,师傅功夫了得,我不要了,样般好意思白拿您的东西？"汉子一怔,心中暗道,我没有发功呀,知遇上高人了。

张神针一袭布衣长衫,美髯飘拂,满面笑容地向各位熟人打招呼,顺手拣起一根番薯:"哎,好大个番薯,试尝个新鲜。"咔嚓一咬,惊道:"咦,样般个平平淡淡一点不甜哦。"说着随手抓起一把分送身旁几个看客。看客面面相觑,不敢吃。张神针径直走向汉子,还是满脸笑容:"这位师傅,这年头,红心番薯样般么(无)甜呐？"汉子打足精神双手接过,一咬,果真清淡如水,一拱手,笑道:"对呀,真个不甜呐,哎,那位阿哥,不甜的番薯我不好送人,莫怪了。"汉子说着收拾好摊子走出圈子,驳好棕绳,挑着要走:"这位朋友莫不是张神针吧,多谢您呐,我有眼无珠,看走眼了,坏番薯当好番薯送人,我这就立马回罗浮山上去试种一种这担坏番薯,种甜了,我会挑上一担送到贵府积善堂来,敬孝您老人家。"

张神针悠闲地摸着长髯,笑微微地说:"难得,难得,多谢,多谢,只要我这把老骨头还有那福气,我等着就是,后生仔,喝一杯茶再走哇,这大热天的,山上仙姑茶提神,莫急么。"汉子说:"唔好麻烦您老人家呐,要赶回去种番薯呀,走了,回家了。"汉子说

着闪入

人流,摇摇晃晃地走远了。

众人这才愣过神来,一咬手中番薯,哇呀,呸!真是平淡呢,还有怪味。

内行看门道,外行看热闹。众人窃窃私语,此时,张神针自自然然地慢慢踱回积善堂,一眼就看见了那块金光闪闪的招牌。

止 戈

大雁南飞北返,积善堂前的古榕树叶一茬茬地换,三年过去了。

这年秋天来得特早。这一日,正在积善堂正厅太师椅上闭目养神的张神针惊悉一件古镇大事:古镇张、曾两族为争夺城东那块风水宝地又要大动干戈了,双方剑拔弩张,大战一触即发。

张姓族长张有财是位出了名的好汉子,多谋善断,文武兼修,主治河道营运,财源茂盛达三江,更兼有仁者风范,好仗义疏财,广结人缘,闽粤赣边,谁不竖起大拇指?更有一手好字一肚子好辞令,一身正宗南拳兼金钟罩铁布衫功夫,年轻时走遍闽粤赣三省,两根匣子炮,一袋金钱镖,罕逢敌手,尤其是枪法更是了得,十年比枪,十年称霸,如此了得人物,自然是振臂一呼,应者云集。

次日,徒弟又传来消息:族长已广邀同宗兄弟请帖纷飞,并周密部署全族壮丁,厉兵秣马,准备械斗。

次日，三省张姓同宗兄弟从四通八方启程赴敌。

次日，张族长家丁拜访积善堂，说族长大后日迎娶九姨太，请自家人神针伯去喝喜酒。

次日清早，秋寒袭人，落叶萧萧。张神针在积善堂正厅太师椅上闭目养神。

传来轻微的脚步声。

张神针微张眼。

唔，一位珠光宝气，婀娜多姿，水灵灵，光鲜鲜的倩妹条子静静地站在眼前，身旁是大红大绿装扮的半老徐娘媒人婆徐嬷。

徐嬷咯咯一笑，轻柔地说："嘻嘻，神针伯，您侄媳看您老来啦。"

九姨太："神针伯，您老人家好。"

张神针："哎，贤侄媳，请坐，来呀，上香茶。"

伙计上香茶退下。九姨太羞怯怯地把玩茶杯，好久不开口。

徐嬷喜气洋洋："我这妹子好福气哟，嫁了个好人家，这不是，金手镯、金戒指、金耳环、金项链……穿金戴银，财古头还说了，明媒正娶传宗接代，风风光光，享不尽的荣华富贵哟，还要配上两只金牙齿，啧啧，我这妹子唔知那生那世修来的好福气也……"

张神针一摆手，徐嬷不说话了。

张神针说："贤侄媳，伯叫大徒弟小三仔给你装金牙，徐嬷呀，你辛苦了，也装一个，我会跟财古说一声。"

徐嬷一拍大腿："哇，早我就说神针伯妙手回春华佗再世，菩萨一般个心肠，又行善积德，子子孙孙发大财，做大官，住高楼洋楼，骑高头大马洋跑车，吃大鱼大肉……哎哟哟，我这徐妹子那世那生修来好福分哟……"

徐嬷抬头，张神针走远了。

财古娶九姨太的婚宴热热闹闹地摆了，三省边界许多头面人物都来了，古镇一时冠盖云集，嘉宾如云，宾主尽兴而散。财古更觉底气十足，连续骑马在大河岸打了三天枪，水鸭子几乎绝迹了。兵强马壮、人丁兴旺的曾家再次感到巨大的压力。

　　这一日清晨，秋风正疾，古榕树耐不住数番秋风秋雨，落叶纷纷，在积善堂门前打着旋子。一位老仆驼着背一划一划地扫着落叶。积善堂华佗再世一类锦旗挂遍的正厅太师椅上，张医师又在闭目养神了。

　　不徐不疾的脚步声传来，在面前打住了。

　　张神针知谁来了，微张开眼。

　　财古身如铁塔，立在一边，静若止水的表情上掩不住一丝愁苦。

　　财古："伯。"

　　张神针："财古，来了，坐呀。三仔，上香茶。"

　　上香茶。财古慢慢地品尝，不说话。

　　张神针："一方水土养一方人呐，乡里乡亲的，你这是做脉个（干什么）？"

　　财古："伯，我不行了。"

　　张神针："脉个（什么）不行，本事大着呐。"

　　财古："伯，我不行了。"

　　张神针："多积点德，化干戈为玉帛，铸剑为犁，打输了？"

　　财古："伯，我还没打，我没力气了，我真个不行了。"

　　张神针："废话。"

　　财古："伯，那命根子拼命缩……缩头。"

　　张神针蹦地跳起，又静静坐下，轻声说："脱，我看看。"

　　财古遵命。

张神针："手,伸过来。"

财古遵命。

张神针切脉,点点头又摇摇头："龙虎交合,风雨大作,喜怒无常,五劳七伤,经络失调,元气大伤,幸好仅伤其表,未及骨髓,幸好幸好。"

财古："伯,有救？"

张神针："财古头,不是我说你,不是自家人我懒得说你,你一个读书人会家子弄成样般(这样),真是糊涂虫笨伯公猪头三一只！"

财古："伯,有救？"

张神针长叹一口气,从药柜里摸出一把乌黑药丸,数足了一百零八粒用草纸包好送过去："财古头,回龙汤,一日一粒,一百零八日,自然见效。"

说罢,张神针气定神闲,拈起羊毫,濡墨,铺纸,端端正正地用颜体字写下：回龙汤、制怒。

财古如释重负,笑了："伯,好字。"

财古当即偃旗息鼓,罢兵言和,静养一百零八日。黑药丸回龙汤制怒妙方果然神效。一百零八日后,闯关东在张大帅帐下当手枪营长的曾三爷赶回古镇,单枪匹马挑战。按规矩,双方比枪。那时,四乡八邻,万人空巷,云集大河岸。比枪比尽了花样,还是打了个平手。双方惺惺相惜,握手言和,当着古镇父老兄弟面子,立下和约,睦邻相处,誓不再战。那时,当财古响过最后一枪的时候,顿时觉得那东西豪情勃发,大胜往日。他突然想起了九姨太的金牙齿,感觉到大有玄机,一时恍恍惚惚。

其时,张神针正躺在他那挂满华佗再世一类锦旗的积善堂正厅太师椅上闭目养神。

断 伞

"徒儿!"

"在!"

"顺着你的左肩看去。"

"是。"

"……"

"你看到了什么?"

"天柱峰有茶花千朵。"

"没有了?"

"第一千零三朵上有两只爬行的黄首绿身黑尾二爪六腿十八脚蚂蚁,不,现在是三只,二里一外。"

"徒儿!"

"在!"

"再顺着你的右肩看去。"

"是!"

"现在你看见了什么?"

玄机剑顺右肩望去,心中波澜起伏,百感交集,右肩三千六百五十三步的地方,赫然耸立剑痕纵横的试剑石。

山上十年,心间千年。

这试剑石记载了玄机剑十年寒山三千六百五十三天的血泪、血汗,记载了三千六百五十三次的日出月落、花落花飞。

十年前一个冬日。

玄机剑历尽千辛万苦,疏散了万贯家财,挥泪送别千娇百媚的红妆翠袖,翻山越岭,上得山来。

山门森严。

绝尘道长仙踪飘缈,来如风雨,去似微尘。

玄机剑跪立试剑石上,一跪就是九天九夜。

时值严冬,武当山势高寒,鹅毛大雪,飘泊而来。

武当山银装素裹,积雪使紫霄宫的飞檐折落。

玄机剑跪立试剑石,身上积雪溶化,渗入褐衣,渗入肌肤,渗入骨髓。

第九天,玄机剑还是长跪不起,积雪已没过膝盖。

从紫霄宫西南方向飞来一群乌鸦,在苍凉灰暗的天空中鼓噪盘旋。

玄机剑如泥塑、如木人,生命的元气似游丝飞逸。

最后,玄机剑轰然倒地。

群鸦飞速俯冲而下。

但在半空中,群鸦——如断线的纸鸢,摇摇晃晃,扑落雪地。

片片黑色羽毛,在雪白的天地间,纷纷扬扬。

……

"徒儿,你看见了什么?"

"我什么也没有看见。"

"是吗?"

"空明清虚,本来什么也没有。"

"好,你下山去吧!"

"谢师父!"

"善哉,善哉。"

玄机剑甫出江湖即震撼武林。

这里是武当山。
紫霄宫魏峨、沉重。
冬二十九日,冰雪连天。
冬二十九日,杀气凛冽。
冬二十九日,应该是绝尘道长的末日。
玄机剑头戴竹笠,身披黑色斗篷,黑色斗篷在寒风中飞扬飘逸、舒展,画出一条条粗犷有力的弧线。
漫天飞舞的雪花,飘落竹笠,扬起晶莹的寒光。
玄机剑负手伫立在雕栏长阶的尽头,神情冷峻。
现在正是冬二十九日的第九天。风停,雪霁,第一道晨曦正从东列群山破隙而出。
霞光万道中,武当山冰雕玉砌,奔向长天尽头。
玄机剑一直伫立着,这时,他缓缓地睁开了双眼。
他看到了阳光中逆光飞翔而来的一只苍鹰。
在霞光中,在雪山上,一只神武雄健搏击长空的苍鹰。
玄机剑笑容一闪即逝。
就在这个时候,积雪已渐渐消融,阳光很美,寒风凛冽。
紫霄宫雕栏长阶的最末端,出现了一位孤寒、落拓、疲惫不堪的老者,老者佝偻着身子,踉踉跄跄地拾级而上。
老者三步一停息,不止地咳嗽,不止地喘着粗气,气息在寒冷的空间化成一道道气浪。登上这么百十级台阶,老者整整花费了近一个时辰。
太阳已移到了紫霄宫的顶上,积雪冰柱已开始滴落,水珠滴滴答答地打在玄机剑的竹笠上,砰然有声。

玄机剑临风独立,此时意味深长地一笑。

"师父别来无恙啊!"

老者慢慢地抬起头,混浊的目光盯着玄机剑良久,摇摇头,一跛一跛地擦肩而过。

"师父停步!"

老者麻木的脸上掠过一丝惊讶,嘎声道:"师父,谁是师父?"

玄机剑飞速拔剑。

剑无情,铮然飞出。

好一把神剑,湛卢剑。

剑射寒光。

寒光逼人。

老者连连后退了数步,用手遮着眼睛,竹伞悄然落地。

"剑,嘿嘿,好剑。"

玄机剑冷冷道:"你认识?"

"认识,认识,十一年前我有一把,送给我徒儿了。"

"谁是你徒儿!"

"徒儿死了,死了!"

"胡说!"

"徒儿死了,死了,十一年前就死了。"

玄机剑一怔。

"你徒儿没死,死不了!永远不死!"

老者闪过一丝喜悦。

"死不了?"

"天下第一剑永远不死!"

"永远……不死!"

老者茫然地摇了摇头,目光似空洞无物。

"但你的末日,就在今日。"

"我的末日……末日?"

老者眯着眼,穿过紫霄宫的飞檐斗角,正对和煦的阳光。

老者回过神来,目光一亮。

"你的剑虽利,可以削断这柄竹伞吗?"

老者的目光精光乍现,令玄机剑心底发寒。

"竹伞?"

"竹伞!"

玄机剑冷笑一声,运气剑刃,剑光一闪。

竹伞拦腰削断,竹节斜飞,插入殿柱。

但与此同时,玄机剑眼睛一黑,喉咙有一种甜丝丝感觉,竹伞的另一半已穿喉而过。

玄机剑一头栽倒雪地。

伞头钉入殿柱,犹嗞嗞作响。老者一步一步走向紫霄宫,咳嗽声更响了,传出很远很远。

风停、雪霁、阳光很好,好一个武当晴雪。

武跛子

壬午年正月,有客从粤东来,此客系大坝子人。所谓大坝子者,广东省梅州市蕉岭县广福镇之俗称也。

二十年前,闽西岩前及毗邻山丘有"矿子"(锰矿),常有乡民露天自采自卖。其时,笔者在"大江湖"(小地名)读初中,某日逃

学到山上,一乡民困倦倚坐矿石堆之侧,笑眯眯地看人。

此人原系民办教师,后来又当不成了,就来打矿,很会讲古,一讲就是半个多月。我至今还记得他那大雅大俗的故事以及山丘上那灿烂的阳光。

多年之后,他来边界县城做生意,竟然还能找到我。岁月沧桑,然而客人豪放依旧。酒过三巡,他又讲古了,这次却是武林掌故,名曰:武跛子。

话说某年某月某日,某地某富豪打开大门,见门前卧伏一位衣衫褴褛且颇壮实的矮古,此人饿昏了,富豪一念之仁,救了他。矮古跛了一条腿,自云家乡做了水灾,流落至此。

富豪收留了他,矮古老老实实,干活肯下苦,常常早出晚归,一人干二人的活,人也和善,低头走路,细声说话,无事之时便缩入长工土屋闭门不出,安安静静。

富豪自恃救过矮古一命,又见他是外乡客,派活重,粗衣恶食,唤矮古"跛子",矮古唯唯,并无不悦神态。

某年某日,矮古上山,砸坏了锄头,富豪大骂,罚了一月工钱。

某年某日,矮古挑粪下地,断了畚箕脚,当月工钱又没了。

某年某日,矮古牵牛出门,踩了一垄番薯苗,不用说,又挨了一顿骂,这月工钱又拿不到了。

矮古自认倒霉,唉声叹气,一脸苦相。

过完元宵,又要作田了,矮古一大早就前去叩见东家,结结巴巴地说,感谢救命之恩,三年了,想回家。

富豪说,辛苦了辛苦了,应该回去了,明日去管家那里取三年工钱吧,俺替你留着呢。

矮古感激不尽,热泪盈眶。

次日,管家领矮古去库房取钱,足数光洋三十块。这晚,矮古在油灯下数了又数,眼泪流了好几回,就把钱袋压在枕头下,吹灯歇息。

半夜,忽听外头人声喧闹,大喊捉贼,折腾一阵后,便有一群壮丁持火把破门而入,搜去钱袋,把他揪出晒谷坪。

晒谷坪火把明亮,看热闹的乡邻围了里外三层。

富豪平日好舞枪弄棒,是当地出了名的拳师,尤精谭腿,传言可一脚踢断入地三尺木柱。富豪揪过矮古,一脚踢翻。

"各位乡邻看清了,这只跛子恩将仇报吃里扒外,偷了光洋!"

矮古倒在地上,扭曲拘偻,痛楚万状。

富豪将钱袋里光洋取出,摔在矮古脸上,摔一块骂一句。

矮古痛苦地闭上了眼睛。

富豪摔完光洋,还不解气,跨步上前,连连猛踢,又重重一脚,踩在他的后背上。

"东家,俺么(没有)偷啊……"

"贼跛子,还想跑!"

"东……家"

"贼跛子!"

"东家……俺……"

"贼跛子!"

"东家,俺晤系贼。"

"吓!贼跛子!贼跛子!!贼跛子!!!"

"呀——嗬!"忽听一声大吼,矮古一个鹞子翻身,右手抱腿,左手两指夹块光洋,亮光一闪,富豪右颈鲜血喷射,仰面倒地。

笔者饮尽一杯酒,问,后来呢?客人笑道,还问脉个(什么)后

来呀,矮古才是真正的高手啊!大智若愚,大勇若怯,一坪人竟断手断脚,没有留住他。

炒黄豆

闽粤赣客家地区,多有做把戏行走江湖者,武功武德,参差不齐。

壬午年八月十五上杭墟,一位把戏师手持电喇叭吆喝开了:"各位女士们、先生们,同志们,这里是南少林武术现场直播,现场直播,免费观看,免费观看,谢谢!"

堂兄松树头刚好挑木匠家伙进城揽活,好热闹,也挤入人群观看。

把戏师功夫果然不错,演单刀,刀光一片;演长枪,枪扎一线;硬气功,单掌裂石;金刚指力,直穿青砖。

几趟功夫下来,把戏师就手拿一贴膏药,说是家传秘方,主治五劳七伤,神验异常。许多观众见状,悄悄溜走。

堂兄和另一些观众还站着傻看。

把戏师说,肚子饿了,这位朋友,你愿意拿一块钱给俺买碗粉干吃吗?

堂兄送了一块钱给他。把戏师扬着钱,大笑,好,够朋友!够朋友!俺不要你的钱,还给你!说着,还倒贴了两帖狗皮膏药给堂兄。

过了一会儿,把戏师又说,本来想再现场直播俺祖辈十八代传下来的绝招——空手捉飞鸟,哎,哎,头昏目珠花,酒虫子作怪了,朋友们谁愿意拿十块钱给俺打酒喝?

堂兄笑嘻嘻地又拿出拾元,一些观众也纷纷效仿。

把戏师收来一叠钱,打开旅行包,说放进去了,放进去了,你们舍得舍不得?

"啥……得。"

"大声点,我耳朵聋,听不清"把戏师一手贴耳做喇叭状。

"舍得!"

"好,舍得!够朋友!"把戏师慢慢地收拾好摊点,说,走嘞,买酒喝嘞。

把戏师真的走远了。堂兄和几个不甘心的观众尾随而去,叫喊,师傅,停下来,师傅,停下来。

把戏师好像耳朵真的聋了,头也不回,走入一家旅店。

旅店服务小姐看来很熟悉他,冲他抛了个媚眼。

把戏师笑笑,径直上了二楼。

入得客房,把戏师抓出一把炒黄豆,摸出一瓶高粱,一仰脖子,灌下大半瓶。

堂兄推门而入,说,师傅,俺的钱。

把戏师眯着眼睛,说,什么钱?

堂兄说,你借去的。

把戏师大笑,俺哪个时候借了你的钱?

堂兄说,头间(刚才)。

把戏师抓出一叠钱,抖得哗哗直响,钱俺多的是,哪张系你的?

堂兄说,十块钱的。

把戏师不说话了。

堂兄也呆立在那里。

几只苍蝇在客房嗡嗡作响,把戏师一挥手,钞票上立即粘了几颗苍蝇头,栽落楼板的苍蝇身子折腾着打圈圈。

堂兄转身取来镣子,抓过一把炒黄豆,夹在五指中间,碰碰四声,四粒炒黄豆分成八片,刀切般齐整。

把戏师说,喝口酒?

堂兄摇头。

把戏师又说,会么?

堂兄又摇头。

把戏师很不情愿地找出一张十元的钞票,说,朋友,是这张吧。

腰带功

传说某人遇数十名持兵刃者围攻,某人解腰带浸水,舞动之间,夺尽对手武器。

此为老生常谈事。

吾邑象洞乡南去数十里,为上杭武术之乡中都,此地"五枚拳"远近闻名。

说是邱阿二年少入庵练功,神尼授以红腰带,嘱其紧捆腰间,须臾不可解开。

邱阿二苦练十年,功成下山,八百里汀江水路护镖数年,未逢敌手。

某日,邱阿二押船来到武邑湘店,适逢此地墟日,遂上岸小酌。饭店中有一位江西老表,在邻桌哼哼冷笑。

邱阿二问:"笑脉个(什么)?"

老表说:"笑一个男子人,扎条红腰带做脉个(什么)?"

邱阿二说:"本命年么。"

老表不再说话了,扒完三大海碗米饭,结账走人。临出店门,又回头笑了:"年年都是本命年么?去年俺也看见过你哟。"

邱阿二脸红了,不知是喝多了还是霞光映照。

饭店临江,江上,白帆点点,红霞满天。

船只结伴靠岸过夜。阿二入船,辗转难眠,思前想后,就一把松开了红腰带。

阿二猛然感到浑身软绵,如腾云驾雾,迷迷糊糊进入了梦乡。邱阿二梦见了神尼,梦见了好事,一泄如注。

次日,旭照入窗,船老大招呼起锭开船。众船逆水上行。

邱阿二照例应巡查各船,起床,竟摇摇晃晃立足不稳,重重跌倒。

急听岸上人喊马嘶,一群匪徒夹岸追来。

为首一人,就是昨日所见老表。

第九辑 山乡故事

山乡故事,状故里人物百态。挂一漏万,聊备一格。

纸花伞

"千祈莫碰纸花伞（女人）"。

千祈，客家话，就是普通话"千万"的意思。

纸花伞，也就是戴望舒《雨巷》中描写的油纸伞，有梅兰竹菊一类图案，叫成了纸花伞。江南岭南多雨，绵绵不绝，持纸花伞的女子袅袅婷婷。因此，纸花伞很女性。很多时候，成了风流女子的代名词。

"千祈莫碰纸花伞"的意思就非常明白了。

这句话是闽粤赣枫岭寨的谚语。这个谚语常常挂在老人的嘴边，这个谚语可以说是九叔公以生命为代价换取的。

九叔公那时还年轻，二十出头，魁梧、英俊、聪慧，还很善良（刚才说过九叔公刚二十出头，我们暂且叫他阿九好了）。那年头，来提亲的四乡八邻媒婆踏破了我家族古寨堡的门槛。

终于，阿九相中了陈家庄的赛银花，问名纳彩什么的礼数都顺顺当当做好了，当年中秋过后迎娶。

这赛银花她爹是个了不得的人物。八百里汀江韩江水路上都有他的人；他家的山林木头，"比全县人家的竹筷子还多。"有人暗地叫他土霸王，更多的人当面叫他陈大善人。总之，民国年间的历任县长，上任的三件大事之一，就是来陈家寨拜访他。

这赛银花呢，是陈家八虎的九妹。说起来也怪哉了，八虎个个满脸横肉，独独这九妹貌美如花。因此，乡人齐唤赛银花。

阿九排行第九,赛银花排行第九,而且是同年同月同日生。博友们,您说这是不是缘分呢?

话说有一日下雨,赛银花持纸花伞在泥泞的山路上独行。为什么独行,没人知道。一阵狂风,纸花伞吹落山溪。阿九恰好访友归来,喝高了,虽看不清美女,却看不惯女子淋雨。见状,将自个的斗笠扣在赛银花头上,下溪捞来雨伞,取回斗笠走了。赛银花记住了阿九。

后来,就有媒婆来枫岭寨我家族提亲。后来,阿九就去偷看赛银花。咦,好像在梦中见过,很亲切,很怜爱呀。阿九应了婚事。

八月秋风渐渐凉。转眼到了八月,八月的闽西,可是最美丽的时节了。山上,五彩缤纷;清溪,游鱼可数;梯田,秋禾收尽,禾田鸟雀纷飞;天空,碧蓝,高远。

我家族枫岭寨的阿九"放木排"后溯韩江汀江归来,闲了几日,很是无聊,和家里人打了声招呼,扛起锄头锄梯田去了。

我家族的梯田很多。阿九这次去的是湾尾角,汀江岸边的湾尾角。

我们知道,阿九很魁梧,健壮,几袋烟功夫,在二三十丈长的梯田里锄了个来回。

顺便说几句,我家乡梯田,形状不规则,大的像操场,小的像木勺、斗笠、蓑衣,很多梯田牛上不去,要靠锄头。锄头重量一般是三斤半,客家人叫镢头,这可是中原古音。我回乡务农时,扛过几年三斤半,感觉最深的,这是力气活。

话说阿九锄了个来回后,直起身擦汗。噢,对了,他的汗巾就绕在头上,像《地道战》《地雷战》中的农民。他是光着膀子的,汗水在他宽厚的脊背上淌成了条条小河。

这时,他听到了吃吃的笑声。定睛一看,一位持纸花伞的妙龄女子亭亭玉立款款而来。她的身后,是汀江湾尾角。湾尾角柳树上,系着一条小船。

阿九不笑,用力锄田。

"阿哥仔,讨口水喝。"

这女子走近了,说话了,语调(话尾子)很是恬静、温柔。

"田头,自家喝去。"

阿九哥头也不回,锄地。

"阿哥呐,水好甜哪。"

女子又说话了。

"甜？甜就拿去。"

不知怎么回事,阿九丹田上下一阵阵燥热。

"哎,莫敢呐,多喝一口好了。"

又是柔柔的声音,像是一根鹅毛在耳朵边撩拨。

说话间,一阵乌云飘来;接着,起风了;接着,大雨倾盆。

荒山旷野,四处无人家。阿九和女子只得一路奔逃到小船上躲雨。

小船很干净,很舒适。空无一人。不,现在应该说有两人。

雨打竹篷,砰砰作响。

雨脚如麻,遮没了远山近山。

女子拿了一条粉红的香甜的干毛巾给阿九。

阿九很不好意思,因为,刚才说了,他光着膀子。

阿九很健壮。

漂亮的女子和健壮的阿九在此时此地此情此景会发生什么事呢？

总之,该发生的都发生了。

这场豪雨,持久了一个多时辰,阿九他们的梦也就做了一个多时辰。

雨停了,阳光斜照。

上游飘来了黄浊的水流和残枝败叶。河水开始上涨。

阿九羞涩地一笑,跳上岸去。

刚上岸,船就移动了。

女子说:"阿哥仔,去梅州城吧,钟神医能帮你。"

后来,阿九,也就是九叔公一夜之间在我们家族消失了。

阿九消失后,传闻很多。较一致的说法是,那女子是麻风女子,陋俗说是交接的人越多,病愈得越快,从汀州一路下来,船出潮州,也就差不多了。

还有人说,陈家的一位兄弟不乐意阿九,收买了那女子来害他。

不管怎么说,纸花伞是碰不得的。"千祈莫碰纸花伞"成了谚语,成了一些族群的记忆,成了戒律。

农耕时期的一些痛苦一些浪漫和一些辛酸,都翻过去了。

朋友,现代社会,还有没有类似的"纸花伞"呢？或许有,或许没有。

二十世纪七十年代后,有村人去粤东名胜某山上香。那人说,有一位九旬高僧酷似我堂兄建雄他五爷,也就是说酷似咱们家族中人。他会不会是阿九——九叔公呢?

八月十五

八月十五，月光如水。深山，谷地，金黄的八月粘稻浪在山风吹拂下泛动柔光。

在一块巨石后，有一座守夜人的寮棚。三炮牯放下酒葫芦，再次举起鸟铳，乌黑的铳管如一支黑色的利箭。

一阵窸窸窣窣的响声从山坑田的那一边传来。

山风起，秋草摇曳，稻浪翻飞。

这头发情的野猪母还能逃得了我三炮牯的神铳？我等你这婊子三天三夜了。

三炮牯成名，在十年前秋天猎手比铳大赛上，三铳干下了三只天空高飞的云雀。众猎手不服也不行了，发财牯叫成了三炮牯。

稻田间响声越来越近，月色下一道波浪翻涌而来。

近了！三炮牯猛一搂火的瞬间，飞速抬高铳管。

"轰"山鸣谷应，山鸟惊飞。

迷雾中，稻田间，曼立着一位平静如千年古井的女子。

"你撞死啊！"

"呸！乌鸦嘴。"

"半夜三更，入山做脉个（什么）？"

"回娘家。"

"入田撞死，野猪翻生啊。"

"呸,入田鬼打墙,走唔(不)出。"

"哼,娘家在那头?"

"山子背。"

"脉个(什么)人家?"

"石桥妹子屋家。"

"榕树头下石桥妹豆腐坊?"

"唔哪。"

"走哇。"

"唔哪。"

踏着月光,她与三炮牯沿山路往山子背走,山雾迷蒙,秋露沾衣,圆月在天,山风浸入。她在前,三炮牯在后,一铺半路却没有搭腔一句半话。

月西移,已到山子背榕树头下豆腐坊。深巷犬吠,此伏彼起。月色溶溶,村落寂然。三炮牯猛拍门,响声惊动四邻。

门开,石桥妹睡眼蒙眬,披件衫,打了个长长的哈欠,淡淡道:"妹子,又雀归来哩?"

"哥……"

妹子抿了抿嘴角,泪珠晶莹。狗又狂叫,三炮牯已走远。

三年后的又一个八月十五月夜,月光华华,秋风秋凉。山前客家围龙屋的一个坑头上,三炮牯钻出被窝,推醒身边的老婆。

老婆嗔骂:"又想做鬼事?"

三炮牯盯着西窗外的圆月出神:"啧啧,幸好,那一铳打歪。"

老婆嘤咛一声。三炮牯扯了扯被角,翻转身,相拥入睡。

竹　笛

客家山歌,四海扬名;客家器乐,水涨船高。

话说闽粤赣鸡鸣三省之地有一高耸入云的梁野山;山下,有一缓缓南流注入千里汀江韩江的平川河;河两岸,茂林疏竹处,有陈家村、李家村。

陈李两族,隔河相望,自东晋末年源于河洛开基于兹,两族通婚,人丁兴旺,和睦共处。

既是中原名门望族,耕读世家,乃文章千古事,宗祠前石龙旗林立,光宗耀祖,礼乐自不敢后人,上代至今,历年大年初三,两族隔河竹笛竞技。

为何单用竹笛?传说与上祖南迁有关,然谱牒均语焉不详。

陈老秀才、李老秀才多年隔河竹笛大战,技艺登峰造极,难分伯仲,遂握手言和,感叹吾辈老矣,好戏且看后生。

李家后辈竹笛高手是李秀才。

陈家后辈高手是飞儿。

传闻李秀才技压群雄嘉应州邹鲁之乡罕逢敌手。

传闻飞儿惊才绝艳汀州文献之邦所向披靡。

深秋,风萧瑟,平川河畔,芦花飞落。陈老秀才望着生机勃勃、风神俊逸的飞儿道:"飞儿,一勺水,便具四海水味,世法不必尽尝。"飞儿笑答:"爷,千江月,总是一轮月光,心珠宜当独朗。"老秀才如释重负:"飞儿,你去吧。"

飞儿走向白云缥缈的梁野山,结庐独居。山高高,水泱泱,一山一石,一草一木,一枝一叶,有琴声笛韵,真情流转。飞儿日夜苦练,持笛从山脚吹上山峰,又从山峰吹落山脚,看白云轻飞,伴黄叶飘零。日出月落,转眼便是腊月。飞儿山上山下辗转腾挪,笛声中气柔顺,连绵不绝,一曲《百鸟朝凤》引得满林百鸟翔集,翩翩起舞。

飞儿大功告成,下山。

雪花纷落,梁野山银装素裹,苍凉孤寂,空旷的天地间,有一朵红云伴随一群白羊沿山脊而来。

牧羊女回眸一笑,转入山角。

飞儿顾影自怜,心中涌动着一丝燥热与苦涩。

大年初三日,歌舞升平,四乡八邻百姓聚集平川河畔,但见岸上人如潮,河中水南流。

朝阳从梁野山颠巅跃出。

同时,一道笛声清韵从西河岸破空飘飞,掠过平静的河面,掠过众人的心头。笛声中隐然见百鸟翩翩,在云间追逐、嬉戏,凤鸣九皋,百鸟婉转……好个《百鸟朝凤》!

西河岸李秀才温文尔雅、衣衫飘飘,如玉树临风。

一曲终了,两岸齐声喝彩。

陈老秀才目光中隐含着深不可测的笑意。此时,飞儿走向河岸。

飞儿绝技在身,步子不紧不慢,腰间紫竹笛红缨飘飘扬扬,一如其人。

飞儿一眼望见了曼立桥头的那朵飞扬红云。

飞儿献技,竟也是《百鸟朝凤》。清韵逐流云,妙曲入翠微。两岸竹笛功夫,旗鼓相当。

飞儿突然奔走如飞，于怪石林立的河岸奔腾跳跃，身法飘逸，笛声纹丝不动，中气绵长柔顺，笛音袅袅，不绝如缕。两岸喝彩叫绝。

飞儿大振，正欲施展梁山飞雪腾空旋转绝技。

突然，木桥上一声惊叫，一朵红云飘落江心。

飞儿一怔，紫竹笛飞落，随波逐流。

华 哥

十年前，我从县城坐客车回乡，邻座有个中年农民，谈笑风生，科技术语脱口而出。全车默然，听他演讲。说到得意处，他急忙从挎包里掏出一本书，书名是《乡镇能人谱》。翻到某页，说："看清楚照片，这个人是谁？"众人传阅，啧啧称奇。还有谁呢？就是他呀。书上可知，他叫建华。想来乡里名气很大的华哥就是他了。

书转了一圈，又回到了他的手里。这时，他大声地说："多谢兄弟梓叔照顾，全县乡镇能人上书的，就选了我一个！"

回到家，问堂兄，他笑了，说："按家族辈分，你也该叫他族兄呢。"

在车上时，华哥给了我一张名片，欢迎我去他的"大山高科农发有限公司"做客。

翻过一座山，我很快找到了他。那时，他正在鱼塘放饲料，见我来，夸张地跳起来拍手："唉哟，大学教授来了！哎哟，博士生来了！"

其实，我根本不是博士生，更不是大学教授。华哥的话，明明是说给别人听的。

他的公司基地，就是这几口鱼塘了。

原来，华哥这人，自小聪明伶俐，读小学时，别的学生上山摘杨梅，他买来再卖，收入竟比别人多几倍。高中毕业后，自学雕刻印章成了生产队"副业户"，跑遍了"江广福"（闽粤赣）三省边界。他是有心人，每刻印章，即留印记。迄今保存了上百本小学生作业本，里头满是密密麻麻的"业绩"，闲时常以示人，显耀手上功夫。

他说，某年来到广东梅县，一日，刚摆好摊子，一辆小车唰地停下，车上跳下两位精壮军人，向他走来。他一惊，心想，坏了，坏了，跑不了了。啪的一声，军人向他敬礼。哎哟，原来是位老首长专车来接他，干什么呢？刻一枚闲章，这就是"不到长城非好汉"。闲章是什么？作书作画用的。他唰唰几下就刻好了，用的是隶体，蚕头燕尾。老首长很满意，当场叫秘书奖给了十元，还留他吃了饭，给他夹菜敬酒。什么菜？家常菜。酒呢？哎吔，国酒茅台哟！不过，至今他还十分遗憾，忘了和老首长合影。

这位老首长是谁呢？他说，说出来你们会吓一跳，是位元帅，大名鼎鼎的元帅！梅县客家人都叫他元帅伯！

这个流传故事，首先是华哥常讲，每次都有些新的细节，越说越传奇。

"分田到户"后，农村大变，农民搞多种经营，路子活了。华哥强烈地感受到这种变化，他毅然选择了暂时放弃精湛的手艺，承包了上十亩鱼塘。不几年，率先成了"万元户"。

鱼塘里有种泥蛇，吃小鱼，农户损失很大。华哥的鱼塘，泥蛇

几近绝迹,问诀窍,他总是笑而不答。

　　江西某地农科所专家,竟派小车来请华哥讲课,一请,二请,三请,直到县科技局领导、镇领导、村主任陪同客人登门拜访,华哥才应邀前往。

　　走之前,华哥请小学老师冬生用毛笔大字抄写了几十份"紧急通知",贴遍了全镇各村。"紧急通知"的内容大意是:"为了闽赣两省人民的传统友谊,在平等互利团结合作不侵犯科技发明权的基础上,应江西省科学家邀请,在镇村领导陪同下,建华同志前往江西省讲课,具有深远的历史意义和重大的现实意义。讲课期间,本公司一切事务,概由春娣同志代理。"春娣同志,就是我那堂嫂,公司除堂兄之外的唯一职工。

　　上课了,百十位"专家"济济一堂。华哥说,在亚热带季风气候山地丘陵地带综合治理特殊水域空间爬行类有害冷血动物——也就是捕捉山区鱼塘中的泥蛇。是一门古老而年轻的学问,必须进行认真的研究,进行全面而系统地"解构"。我这次来,本来已写好了讲解大纲:(一)、亚热带季风气候山地丘陵地带特殊水域;(二)、爬行类有害冷血动物习性及其危害;(三)、综合治理措施举探;(四)、小鱼网的选择与使用;(五)、辅助措施;(六)、布网的最佳角度、方位及时机;(七)、水位、水质、水温对布网的影响及调适;(八)、鱼类的聚居水域与布网的功效;(九)、大山高科农发有限公司的探索与实践;(十)、大力推广"网捕法"的重大意义等。考虑到本公司业务繁忙,我在这里就不作全方位多角度多层次地讲解了。我就简单地说吧……

　　原来,只要夜晚在鱼塘两头牵一小渔网,泥蛇要过网,进了头,退不出,就会缠绕网上,早起收网,手到擒来。

　　华哥讲的一堂课,还不到十分钟。

这真是假传万卷书,真传一张纸。秘诀一公布,华哥就无人再请了。不过,华哥由于这一特殊贡献,在名流文化传媒公司优惠策划下,赞助了几千元,还是上了《乡镇能人谱》。

华哥是勇于探索的人,养鱼养得好好的,他偏偏要研究"猴头菇健美宝"、"速食仙草冻"、"绿色保健豆腐"等等,皆不甚成功,亏了老本。他说要"走出山门图发展,发展事业报家乡"。就只身去了广州,还在搞什么农产品开发。传言,他现在与中山大学生物工程博士导师合作一个大型项目,前景看好。

有人说,去年在深圳看到过华哥,那时他推着三轮车卖客家凉茶,物美价廉,五毛钱一碗。远远瞧见了熟人来,就快速拐入了一条小巷。车上有电喇叭,重复叫喊:"凉茶,凉茶,清凉解毒的客家凉茶。"听口音,分明是他录的音。

前些日的一个晚上,华哥来访。谈走南闯北的事,依旧豪情满怀。他说,这次他在百忙之中回乡,是因为饮水思源,致富不忘本,一人富了不算富,全民富裕才算富,先富带后富,具体地说,计划将武邑山区的一种叫"油头"的土萝卜大批量地打入国际市场,做活做足在 WTO 框架下的国际贸易。他还说,本来,敝公司打算资助 100 名家乡贫困生上大学,捐建几所小学。因为公司在扩大生产规模,投了几个亿,资金一时周转不过来,下次再说吧。他说,你当记者的,帮忙留心一下,凡符合条件的,直接发电子邮件过来。不过,千万不要报道哟。报道了,你华哥可是会生气的。做好事不留名嘛!

我高价寻获的武邑云雾茶泡了五、六泡,桌上"七匹狼"烟抽去了大半包,华哥说着说着,就有些困倦了,要回下榻处了。我送出门外,门外是大马路,路灯明亮。华哥却掏出了一把老式的"虎头牌"手电筒。我笑了。华哥极认真地说:"步步钩针好,万一停电了呢?"

捕鼠者

乡间多有老鼠，毁坏禾稼家物，人多恶之。于是三五一墟，常见自号"灭鼠大王"者，摆摊设点，销售鼠药。

有卖老鼠药者，穿白大褂，执电喇叭，高声叫道"来，来；来，1234部队，为人民造福，发明老鼠灵，支援人民群众，打一场消灭老鼠的人民战争！"又喝道"老鼠药，老鼠药，家家用得着。一家不卖药，晚上睡不着。"然后是憋着一口气，模仿老鼠活动的声音："吱吱吱，咯咯咯……"路人知道这是走江湖的，假的，多一笑置之不理，匆匆走过。

这里说的捕鼠者，绝活全在一个"捕"字。

此人迄今已年过花甲，年轻时却是县城一中的高才生。传闻各科书籍，均可倒背如流，只是时运不济，屡考不中，遂返乡务农。

捕鼠者的起步，源于偶然。话说高才生返乡后，几年来，常躺在床上，左思右想，长日难耐。一日，忽听屋角窸窣有声。初，不理；再响，还是不理。良久，两鼠悄然溜出，串上床，欲与高才生接吻。高才生大怒，猛地出击，一手一只将其捕获。

鼠肉美味，且可治小儿尿床。高才生以绳系鼠，上街闲转，竟卖得一元五角人民币。

当时生产队劳动，一日最多也不过七、八角钱。捕鼠，除"四害"，还有双倍收入，这不是"天生我材必有用"吗？

从此，高才生在农村的广阔天地终于找到了用武之地，专心研究捕鼠之法。

每隔三五日，高才生便有活鼠出售，渐渐有了些名气。

传闻他的绝招之一是夜间伏在老鼠洞口，一动不动。鼠出，即挥动铁锤击之，力度适中，将鼠击昏。有人说，高才生答应人家做事，常说"OK""OK"，由此可见他懂鼠语，"吱吱吱"将公鼠或母鼠诱出，出手如电擒之。

究竟秘诀何在，人不知其详。

某墟天，高才生以绳系老鼠装入鸡笼上街。某大嫂见最大的一只双腿血糊，就问莫不是用老鼠夹捕的？高才生大愧，说挥锤时困倦，误中后退。大嫂不信，又问莫不是老鼠筒捕的？高才生大怒，将鸡笼里的活鼠全部扔入河中。

高才生痛定思痛，愈是精研捕鼠技艺，半年后，艺成，凡高才生到处，老鼠几近绝迹。

彼时，厦门知识青年上山下乡，插队落户，中有好事者，买来高才生捕获的活鼠，系上红绳，做了记号，当众抛上村中屋顶放生。老鼠吱溜一转身，不见踪影。好事者要高材生三日捕获，赌注是三斤猪肉。高才生笑笑，不置一词。前二天，日里高才生割禾打谷，挥汗如雨，晚上则闭门不出。第三日，高才生照常出工，还是割禾打谷。中途，大家在田坎抽烟歇息。好事者大笑，要高材生输三斤猪肉给大家伙加餐。高才生说："当真要赌？"众人说真赌真赌那还有假。高才生无可奈何，慢吞吞地从口袋中掏出一只活鼠，让人验看。好事者验看再三，惊叫一声服输。

从此，"捕鼠大王"之名不胫而走。

捕鼠者生有数子，皆不能承传绝技，近年多外出务工。小儿聪慧，考上县城一中，有望完成乃父上"清华"、"北大"壮志。每月

初,捕鼠者必手提肩扛,步行40余公里至县城送米送菜。一次,隔壁阿三骑摩托车路遇捕鼠者,愿免费搭载他一段。捕鼠者摇头苦笑:"你是好心,别人就没那么好心了,坐惯了车,叫我咋办?"隔壁阿三亦摇头苦笑,一加油门,绝尘而去。

水客王

他的目光越过层层叠叠的闽西南梯田以及散落其间的圆土楼方土楼,黑瓦之上,青山隐隐,有几道炊烟袅袅升起。

他收回的目光落在了墙角,几片枯黄的叶子在微风中颤动,鲜红鲜红的柿子缀满了枝头。

家乡的红柿啊。

红柿树下,是一条小路,青石板路,弯弯曲曲伸向远方。他看不到这些,但这条路的每一块石板的形状、质地、厚薄、凹凸、颜色微妙的差别以及路边的一草一木,都深深地印刻在他的心中。他一辈子也忘不了。

他想起五十多年前的一个清晨,五十多年前啊,两代人了,也是这么个深秋季节的清晨。他清晰地记得,土圆楼的黑瓦上的湿露在阳光下一圈圈缩小,几丛"狗尾巴草"迎风摇曳。年迈的阿母把包袱送到他手上,又掏出粗布包裹了一层又一层的一堆零碎铜钱,塞在他的怀里。

他感觉到喉咙哽咽,鼻子酸楚,双眼模糊了。他赶紧转过身去,大步向山外走去。山垇口,他回望,阿母孤零零的身影还在村口。他大喊一声"阿母",眼泪就流了下来。

翻越连绵群山,他来到了汀江边。

千里汀江,滔滔南流。

沿汀江出闽西、过粤东、顺韩江、经潮汕,迎接他的是水天相接的浩瀚南海。

历经坎坷,他只身漂泊到了"南洋"槟城。

他见到了三叔公。满头白发的三叔公庄重地交给他一块残缺的铁板。铁板的一面铭刻着伏羲八卦,另一面是一条破空欲飞的蛟龙。

"俺老了,走不动了。俺家子孙,你要接着走!"

三叔公是闻名客家商界的南洋"水客",那块铁板就是南洋"水客"的百年信物。

他下跪,双手捧过铁板。从此,就许下了自己庄严的承诺;从此,他的命运就与"水客"命运如影随形。

那一年,开饭店的李狗三伯给了他200洋元的支票,他带回了家乡。六阿婆一家正闹春荒啊,接到支票喜极而泣。

那一年,七嫂子在独守空房9年之后,用剪刀铰下了一双鸳鸯鞋样,让他带给南洋的"那只鬼"。"那只鬼"接到物品,眼圈红了。后来,七嫂子成了"番嫂",现在,和她的"那只鬼"生意做大了,子孙满堂了。哦,对门山上的茶亭,就是他们捐建的哟。

那一年,累啊,他往返南洋4趟,带回了卢家的3万洋元支票。每一次回来,他都看到山坡上土圆楼一节节地拔高。

那一年,上海成了火海,家乡第十九路军子弟兵用血肉筑成巍巍长城,抗击日本强盗的侵略。当他把南洋华商捐助的一张张巨额支票呈上时,蔡将军血红的双眼,有泪花闪烁。

那一年,山贼劫持了他。山洞火光熊熊,他赤身滚过洞口的

刀床。山贼大叫一声"好汉",放过了他。

那一年哪,在潮汕的乡村,他遇上了一双世界上最明亮最美丽的星星,他闻到了秋日田野稻草的香甜气息,他想醉倒在甜黑的梦乡。那一年哪,他还是走了,伴随着一声悠悠的叹息和两行滚落的泪珠。

如今,他老了,躺在土圆楼的一张木床上。具体地点是福建省永定县中川乡"富字楼",时间是1987年的一个秋日。

人们都下地或上山干活去了,土圆楼阳光遍地,很安静很安静。

他往返南洋97次,他想凑齐100次。时代变迁和身体条件限制使他的愿望落空了,他没有"成功",成了一生的遗憾。

他有名有姓,南洋华商们大多尊称他为"光叔",而闽西客家人则大多叫他"水客王"。